冬の宿

Tomo[illegible]
Ab[illegible]

阿部知二

P+D BOOKS
小学館

目次

冬の宿

第一章

……私の記憶はみな何かの季節の色に染まっている。それは、映画のフィルムの一齣《ひとこま》ずつがいろいろな色を持っているようなものであるが、その記憶のフィルムの色はいつも正確な暦の上の季節と一致しているというわけではない。夏の日の出来ごとが秋の感覚を伴って想いだされることもあり、秋のことが晩春の甘い色に染まって想いだされることもある。また、ある年の冬ならば冬に、三日続いて起ったことの、はじめの日はほんとうに冬のように、次の日は春、その次の日は秋、のことでもあったように錯覚されることもある。これはその事件の性質や、その時の私の心の状態や、その事件に出てくる人物たちの性格容貌などによってそうなるのだと思っている。

……いま、数年まえに霧島家に寄寓《きぐう》していたときのことを想いだすと、その秋から春にかけての出来事のすべてが、まったく初めからおわりまですこしの隙《すき》もなく暗く冷却した冬の色に塗られてしまっているのだが、これは、あの一家の生活状態、私のそのころの気持、すべてが春や夏のような空気の一つも持っていなかったことのためであろう。そのころの私は地方の高等学校から出てきて伯父の家に泊っていたが、学校にもあまり出ず、快活に友だちとつきあうのでもなく、まったく人嫌《ひとぎら》いな心持になっていた。その時代の風潮として、身に近い友だちが争って社会運動に入ってゆくのを見送りながら、心細い気持で古い外国の文学をばかり読んでいた。華美な伯父の家の空気に反発しながら、その従妹たちをとりまく娘たちのあれこれに恋愛してみたりやめてみたりしていた。そのなかで、庵原《いはら》はま江という音楽の好きな少女が、しばらく心安かったがそれも夏の避暑地でほかの青年に出逢ってからは私をばかにしはじめたし、友だちのたれかれが官憲に逮捕されるというようなことがおこったりしたので、私はいっそう孤独な気持になってしまって、どこかの下宿に一人で暮したくなった。学校にも友人にも伯父の家にもなるべくかけはなれたところに行きたいと思った。

ほのぼのと明るく暖かい秋の暮のある日に、私は省線のK駅に出任《でまか》せに降りてそのあたりの家をさがしてみた。線路の内側の高台には大きな邸宅が杜《もり》につつまれた段々になって連っていたから、私を泊めてくれるような家はないと思った。反対の側に出てゆくと、郊外の街道《かいどう》の両側に小さな貧しそうな店がつづき、町裏の低地には汚れた小工場が立ちならんでいて、そこにも探すような家があるとも思えなかった。しかたなしに、次の駅まで歩いてゆくことにしていると、しばらく泥溝《どぶ》の匂いの深い、暗い貧民街の家並《やなみ》がつづいていて、この低い家はどこまでもつづくようにみえ、自分はどこに行っているのかしばらくは見当もつかなかったが、まもなく低地のひろがりはしだいに狭まり、小さな石鹼《せっけん》工場のところまでくると、細い径《みち》がその工場の裏で、白ちゃけた雑草の生えた崖につきあたり、崖の上には樹々《きぎ》と屋根が一面にいま落日に真紅に染まっている小住宅街があるらしかった。汚れた着物をきて遊んでいる子供たちに怪しまれながら崖を伝ってその住宅街にのぼってゆくと、そこは凸凹《でこぼこ》の多い一帯の高台で、下の工場からの煙で黒くなった屋根が樹々にかこまれて不規則にならび、粗末な生垣《いけがき》のかげに小月給取などの住宅らしいものが肩をならべていた。その真ん中のあたりに来たと思うとき、昔の武蔵野《むさしの》の名残《なご》りとも思われる高い欅《けやき》の樹立《こだち》がそびえていて、いまは秋の落日のなかに、黄色に染まった空から黄金色《こがねいろ》の枯葉を雨のふるように落していた。そのかげに、屋根に落葉をためた小さな古びた二階家が一かたまりになって崖に寄りそい、そこだけはひどくしずかなおもむきがあった。

崖にひとかたまり白い花の群《むれ》がみえたので近づいてみると、それは咲きほうけて色が褪《あ》せかけた野菊の花であったが、その時、私は一軒の家の格子戸に「かしま」と細々とした女の手でかかれた半紙が半ばとれかけて風にひらめいているのをみた。中に入ってゆくと三十を少しすぎた、色の白い女が出てきて上品に挨拶した。彼女は、私の田舎の母が昔のころ着ていたような、渋く蒼《あお》い底光りをもった地味な絹物をきていたが、この蒼光りする着物につつまれた彼女の白い円い顔、観音眉《かんのんまゆ》、黒い切長《きれなが》の眼、埴輪《はにわ》のように切れこんだ口、また、静脈《じょうみゃく》がいちいち浮びあがっているような白い手などの全体が、私には古い陶器の光沢《つや》、硬《かた》さ、色、冷やかさ、を思わせた。部屋をみせてほしいというと、どこかの地方訛《なまり》ののこったなめらかな言葉で、顔を赤らめながら、すこし警戒するように、私の学校や今までいたところや郷里を訊ねたのだったが、学校とはあまりにかけはなれたこんなところに部屋を探しにきたことだけは少し不思議に思ったらしいが、ただ静かな生活がしたいからだと説明すると、そのほかに警戒することもないと思ったのだろう、古風な屏風《びょうぶ》のある玄関から、粗末な木材のきしむ狭い階段を二階に案内してくれた。

二階には六畳と四畳半の二つの室があった。南と西とに向いた六畳をかせようというのであった。窓からは真向いに葉が疎《まばら》になった欅の樹立があり、その枝の間からは、西日に染まった一帯の傾斜地の家並が、向うの工場地、その向うの高台へとつづいていた。西日に射しこまれて、ざらざらの壁面をみせている部屋の中で、私の目についたものも、この女の顔や着物に負けぬほど変ったところがあった。小さな床には、古びた俳句の軸があった。その草書は、私には「すず虫の……」までしか判じられなかった。壁の正面には、燕尾服《えんびふく》をきた男の半身像の写真がある。彼は角刈《かくがり》の巨漢であって、濃い眉と、大きな吊り上った眼と、円く坐った鼻と、黒々とした髭《ひげ》の下の大きな口を持った四角な顔とを真正面からこちらに向けて睨《にら》みつけ、襟には菊の造花を挿《さ》し、腕を背にまわして反《そ》りかえっている。私は吹きだしそうになったが、傍に立ちながら、私がその写真を見つけた表情を感じて、明るい光の中で頬を赤らめている女を見ると我慢して眼をそらした。すると一方の壁には、気持のいい素描の版画があった。疎な林のかげの草地のうえに、向いあってゆるやかに身を横たえている男と女との素描である。ちかづいてみると「マティス」という署名があった。巨漢の写真は、この抒情的な絵を、西日に火照《ほて》った室の中で睨みつけているのだ。さらに眼をそらして、襖《ふすま》のあいだから隣の室をみると、この家の子供のものらしい机があり、小学校の教科書がのっていたが、その前には、濃厚な色刷りの、基督《キリスト》の絵が二枚ある。一つは、しろじろとした裸身に釘を打たれて血を真紅《まっか》に流している図であり、一つは跪《ひざまず》いて天に祈っている図である。

しばらくして私は細かい条件などきくこともなしに、いつのまにか、この室を借りる約束をしてしまっている自分に気がついた。もう日は向うの岡《おか》に沈んでいて、室は暗くなり、マティスも巨漢もキリストも俳句も朧気《おぼろげ》になり、冷たい陶器の肌のような女の顔ばかりが蒼白く光っていた。これはどういうことになるだろう、と思いながら、前金を置くといそいで家を出た。私は室でみたさまざまのもの、女、着物、すべて、好奇心を惹《ひ》いたことはほんとうであったが、私はそれをどういうふうに結びつけて、その家をどういうふうに考えていいかわからなかった。

その家に移ることにきめたと伯父に話すと、彼はその家が学校からは今の倍も遠くなるということを言って苦笑したが、もはや勧告しても何にもならぬと思ったのであろうし、また伯父の子供たちに自堕落《じだらく》な風習を感染させる私を、かねて遠ざけようと思っていたのでもあろうか、止めようともしなかった。後からこの移転をきいた友だちも、何かの魂胆《こんたん》があってそうしたのだろうと推測するほどのこともなく、ただ、ぼんやりとした精神状態の男にありがちな気紛《きまぐ》れだろうというように解釈したらしかった。

移ることにした日の朝おきてみると、冷たい霖雨《りんう》がしきりに降っていたが、その雨は時には氷片をまじえた霙《みぞれ》になったり、強い風を伴ったりして、とうとう三日間降りつづいてしまった。そのあいだに、あの家について感じた私の少しばかりの好奇心もさめてしまい、マティスもキリストも女も写真ももはや強い印象をあたえるのでもなく、しだいに引越しが億劫《おっくう》になっていったのだった。晴れた四日目に身を起して荷物をまとめたのは、ただ、約束をしたからそれを実行するという負担を感じていたからであった。

荷車がついたと思うころに、坂路《さかみち》をその家に向って登ってゆくと、泥濘《でいねい》の深いその路からみた一郭《いっかく》の風景は、あのときと別のものではなかったか、と思うほど変っていた。まだ晴れきらず、時々、雪を含んだ灰色の雲が低く垂《た》れてきてあたりを蔽《おお》い、欅の樹立はこの一雨に黄金の葉をすっかり落してしまって、骨張った枯枝ばかりを空にひろげていた。濡れた屋根の群は黒ずんでうずくまっていた。崖路の菊は雨に腐ってしまっていた。私を迎えてくれた女の顔はいっそう白く蒼ざめ、あの西日の中で火照《ほて》っていた陶器の光沢ではなく、暗い冬の夕方にあたりの空気よりももっと冷たくなって光を底に凍らせてしまった陶器の感覚があり、その言葉も、凛《りん》として刺すような響きがあった。室には、子供の机も、燕尾服の写真も剝《は》ぎとられ、ただマティスの絵だけが残っていた。魔術のように変ってしまった「冬の家」に私は入ってきたのである。マティスの絵をみたときそのことははっきり感じられた。四日前にみたときは、その絵の疎な林は、その枝と幹の線条のあいだに何かやわらかに光る若芽がついていると感じられ、樹々の奥には小鳥の声がきこえ、流れか泉かのさざめきさえあり、男と女とは青々としげってところどころに花の咲いた草上に、抱擁のあとのつかれにでも身をよこたえながら、涼しい眼で互を愛のある心をこめてながめあい、汗ばんだ肌を流れか泉かで水を浴びてあらおうとしているようにみえたのだった。実際彼らの足元に粗略に描かれた草の線は、萌えたつ緑色、マーガレットの白、罌粟《けし》の紅さえ心の眼に沁《し》むほど感じられたものだ。あたたかな風と、濃い空気の匂いとが画面から流れてきていた。しかし、今は、林はただ裸木の骨組だけしかみえず、その疎な樹間からは冷たい風が吹き、地は凍《い》てつき、枯草のうえの男と女とは、何か取りかえしもつかぬ過去をたがいに歎きあい恨みあって、身をすくめて慄《ふる》えをこらえているようにしかみえないのだ。

女は茶をすすめながら、私について簡単に身分や経歴をきいた。今度は私がこの霧島家のことをきく番であったろうが、私は世馴《よな》れたふうにこんな女にききただすしかたを知らなかった。壁面に白い跡をのこして消え去った燕尾服の男は、この家の主人、門札に出ている霧島嘉門《かもん》であるかどうか、いったいこの家は何をしてくらしているのか——そうしたことをちょっと訊ねてはみたかったが、結局、いそいできくことでもないと思ってやめた。女は、私の心を読んだのであろうか。平坦な口調でいった。

「あのおかしな写真が主人でございます。今日はもうすぐ勤めからかえってまいりますが、変り者ですからいろいろ失礼があるかわかりませんが、許してくださいますように。ほかに小学校三年の輝雄《てるお》という男の子と、一年の咲子《さきこ》という女の子とございますが、上の方は悪戯《いたずら》で、下の方は泣いてばかりおります。これも許してくださいまし。私たちは三年ほど前に、中国のあるところからこちらにまいりました」

そういって、女は降りてゆこうとしたが、襖のところで立ちどまって、「あなたは基督教《キリストきよう》ではございませんか」とたずねた。

「いいえ」

「それでは基督教はお嫌いではないでしょうか」

「好きでも嫌いでもありません」私は冷淡にこたえた。

彼女は「私どもはクリスチャンです」と、驚くほど強くきっぱりといって降りていった。

ひとりで荷を解いているとき、子供たちが帰ってきた音がした、と思うと、賛美歌の声がきこえてきた。

きよき岸辺《きしべ》に　やがてつきて
あまつみくにに　ついにのぼらん

その中に男の子の甲高《かんだか》い声と、弱々しい女の子の声とがききわけられたが、一番高くひびき、何か狂熱を帯びているようにひびくのは母の声であった。とんだところにきたものだ、これよりは伯父の家の軽薄な陽気さの方がよかったかもしれぬ、と思っているとき、母につれられて、挨拶しに、子供たちが上ってきた。兄も妹も母に似て色が白く、兄は神経質な眼と、濃い眉をもち、妹は長い睫毛《まつげ》のあるかよわい顔をしていたが、母の後から頭をさげると、恥ずかしそうに降りていった。降りかけに、兄は眉をぴくぴくとさせたと思うと、いきなり妹の髪の毛を引張った。妹はひいひいと泣きだした。私は急いで従妹が餞別《せんべつ》にくれた菓子を妹にやってその頭を撫《な》でたが、その皮膚は泡にさわるようにやわらかく、融《と》けてしまいそうに私の手には感じられた。私をおそるおそる見上げた茶色の眼からはとめどもなく涙が流れだすのであった。

階下からは夕餉《ゆうげ》の肉を煮る匂いが流れ、主婦の賛美歌と咲子の泣きごえとが、それからも、高く低くつづく夕方の街の物音と欅の梢《こずえ》に鳴る風の音とに交ってきこえてきた。私は疲れて荷物の片づけも中途でやめて、布団《ふとん》の山のうえに仰向きに倒れて眼をとじ、その匂いをかぎ物音をききながら、遠いところにひとりの旅にでもきたような気持になっていた。すると階段が今度はみしみしと大きく鳴りひびいたので、眼をひらいて振りむくと、暗い踊場《おどりば》のところに、まず、いが栗《ぐり》坊主の巨大な頭がみえ、支那人《しなじん》が『水滸伝《すいこでん》』の豪傑あたりに臥蚕《がさん》と形容した太い眉毛がみえ、それから、吊り上ってやや充血した眼玉、剃《そ》りあとの青い頬、大きな口、四角な顎《あご》があらわれて、ぴたりとこちらをみた。あの写真の主だな、と思ううちに、いかり肩、厚い胸部、ふくれた腹、大きな腰、大きな脚部が、浪底《なみそこ》からあらわれる海坊主のように階段から浮かびあがり、その六尺に近い身体が敷居の前に直立したが、きゅうに私の前に坐り、私が居ずまいを直すひまもなく、耳に鳴りひびく声を発した。

「わたくしが霧島嘉門というものです。内閣調査局に勤務しております」

私は手短かに自分のことを紹介した。

「わたくしは留守がちですから、よろしく願います。留守がちですから」と念を入れるように私を見据《みす》えた。

その体は恐しいほどいかめしく、声は大きかったが、しばらくするうちに、それには何の邪気もない単純さがあるだけのことで、暴々《あらあら》しくみえる形相《ぎようそう》すらが、威張った子供の顔のようにたわいないものでないかと、思うほどの余裕ができたので、私は持ってきた菓子をすすめ、煙草をすすめた。

「わたくしはクリスチャンですから、煙草はやりません」今度のその声の大きさには、やや落ちつきを取戻しかけていた私もまた驚いてしまった。それは家じゅうを震動させたのである。とみると、彼の手はそのときにもう一本の煙草を摑《つか》んで、喘《あえ》ぐように低い声で「一本いただきます」といった。

「じつは家内にきこえるようにああいったのです」彼が最初の煙を厚い胸の奥深く吸いこむときに細めた眼の色、ぽッ！　と吐きだしたときに開いた眼の輝きをみていると、これはただの煙草でなく、世にも珍しい麻酔薬のようなものでもあるようだった。

「わたくしの一家は落ちぶれてしまったものです。今はまったく窮地に陥って、他人に間貸しまですることになってしまいました。どうぞよろしく」

私はここでだいたいこの家のことは想像ができると思った。この主人、妻、子供たちの体質や容貌にも、どこかに特異なものがあり、部屋の調度や服装にも変ったところのあるのも、かつて彼らが地方の旧家ででもあったということで説明はつくわけだ。どうして落魄《らくはく》したか、それがどうして基督教徒であるか、などということは分らないにしても、これは別に浪漫的《ろうまんてき》な好奇心を湧かすことでも何でもない、といままでの私の好奇心を笑い、また少しはがっかりしたのである。

嘉門は菓子をむさぼり、煙草の匂いを消すためだろうか、茶を何杯も飲んで口をがらがらと鳴らせたが、立ち上って私を銭湯に誘った。彼のあとからついて降りると男の子が私に口を曲げて「い、い、い」というふうをしてみせたが、それは私が彼の妹を可愛がりすぎたと思って嘲弄《ちようろう》したのだろう。嘉門は、「まつ子！　風呂にゆくから飯を早くこしらえて待て！」と呶鳴《どな》りながら、汚れて古びた黄八丈《きはちじよう》の丹前《たんぜん》ときかえ、肩をふりながら日暮れの街に私を従えて出た。

夕飯前の銭湯はいっぱいの人だったが、労働者よりは勤人が多いとみえて、みな私と似寄った蒼白く薄く細いからだの裸形《らぎよう》が湯気の中に入りみだれていたのだが、その群の中に裸になって立った嘉門の堂々たる体軀《たいく》はたちまちみなを威圧してしまった。黒々と毛が生えた胸板、大きな腹、腰、腿《もも》が、皆をかきわけ進むときに、他のものの体は影のようにしかみえなかった。彼はあらためて私のからだをみて、憐《あわれ》むような顔をしたが、一番熱い湯が出ているところに飛びこんでいって、ざぶりと頭ごと潰《つか》ってしまい、しばらくして太い息を吐いて頭だけあらわし、太い頸《くび》のついた頭を、海豹《あざらし》のようにぶるぶると振って水をとばし、それからまた驚くほどながい間湯につかっていたが、やがて水沫《すいまつ》をあげて全身をあらわした。全身は真紅に輝いていた。私はただ感歎して彼を見つめた。

夕飯にはみなでいっしょについた。私は箸《はし》をとって食おうとするとき、ふと皆がうなだれているのに気づいた。まつ子が静かな夕餉の祈りをしていたのである。嘉門は、「アーメン」と大声でいって、もう肉切れに噛《かじ》りつき、それから幾杯となく飯をかえ、お菜が少いというのであった。輝雄は隣の妹を始終いじめている。嘉門は忙しく口を動かすひまひまにそれに気づくと、輝雄をしかりつける。まつ子は、輝雄をかばって嘉門をたしなめる。「何くそ！　貴様の教育が悪い」と嘉門が妻に食ってかかる。咲子はそのあいだにもうひいひいと泣いている。

「お恥ずかしいことです」とまつ子は眼を伏せていった。

「ははは、クリスチャンといってもうちのはまだ充分ではないので、家内に引きずられているのです」と嘉門はいった。

それから彼は、なかば愚痴のように、なかば自慢するように、彼の家の歴史を話してきかせたのだ。その歴史の立派な部分には、まつ子も眼で同意をするのだが、零落《れいらく》してゆく区切り区切り――それはいずれみな、嘉門の愚行のためであるが、その点を嘉門がごまかしてはなすときには、いかにも口惜しそうな顔をし、それから諦めの色をうかべる。

……霧島家は、瀬戸内海《せとないかい》に向って北に山を負った地方の旧家であった。昔は、田地と、広大な塩田と、回送船を持っていて、嘉門はそこの長男に生れて思うままの栄耀《えいよう》をしてくらした。彼の地方で最初に自転車にのったのも、オートバイを買ったのも彼である。中学にも行けないほど我儘《わがまま》に育って、もう少年のころから遊蕩《ゆうとう》の味を知ってしまった。二十すぎのころ父をなくしてからはまったく思うままにくらした。紡績工場を造って社長になったがこれはすぐ飽きて、他人に渡してしまった。人に煽《おだ》てられて郡会議員になった。

「ああ、あの二階にはってあった写真を御覧でしたか。あれは僕のそのころです。あれは、立憲民主党の犬田剛先生を迎えて演説会をしたとき、司会者をした記念です」といいながら嘉門は立ち上って腕を後にまわして胸を張って、張り裂けるような大声で、「諸君！　今回は這界《しゃかい》の泰斗《たいと》犬田先生を迎えまして……」と、さけんでみせた。まつ子は顔をしかめていた。

……あまりばかなことばかりするので、親戚の者にむりやりにこのまつ子と結婚することをすすめられたのは、だいぶ歳をとってからであるといったが、年齢の相違からみるとまつ子は二度目の結婚の妻かもしれないが、そのことはその時言わなかった。ただ近在の衰えた旧家から何も知らぬ娘を貰ってきたのだということは、まつ子が今でもその親たちを恨み、自分の自覚が足りなかったことを悔んでいると、後で私にはなしたことでわかる。私はある春に霧島家の郷土のあたりを旅行したことがあった。花崗岩質《かこうがんしつ》の山はところどころ白い肌をみせながら松の樹に蔽われ、樹陰には赤と紫とのつつじが咲いているのがみえていた。海は紫白色にのどかに日に輝き、山から海にかけては仄《ほの》白い霞《かすみ》が一面にこめていた。山と海とのあいだには狭い平地があり、麦が伸び、菜種《なたね》の花がさき、雲雀《ひばり》は霞の中に舞いあがって啼《な》いていた。柑橘《かんきつ》のみのった丘のかげの入江にそそぐ川ふちには白い倉のある家が立ち、帆柱が家々の屋根のかげにみえる。松並樹《まつなみき》を越えると広い塩田がつづき、その向うに海が光り、遠い島のかげが紫色にみえる。まつ子はこうしたところの白い道を、長い行列をつくって霧島の家に運ばれて、一夜にしてこの巨大な粗暴な男に身を任せてしまったのであろう。そして、子供が生れるころには霧島家の財産はまったく崩《くず》れてしまったのだ。

直接に没落の動機になったのは放蕩《ほうとう》でもなく、政治運動でもなく、彼の県の生糸の全部を、ある人におだてられて買占め、それが欧州大戦後に遭遇したために暴落したことであった。嘉門は財産整理をした親戚たちのために、いくらかの金をあてがわれて禁治産《きんじさん》になってしまった。郷里で威張っていた彼は、恥を忍ぶ気にはなれないで、その金をもって東京に出てきて、何か堅い商売をする気であった。全盛時代に保護してやった画家たちが相当名高くなっていたので、彼らと相談して画商となったが、それがまた失敗をつづけているうちに、彼は残った金をもって、画家に取巻かれながら、家を飛びだして、京都、奈良、別府《べっぷ》、長崎とあそびほけてあるき、帰った時にはまったく一文もなくなっていた。その留守のころから、まつ子は、自分と二人の子供とを養うために、生活をしなければならなかった。編物をならって、その稼ぎで細々と生きた。帰ってきた嘉門は、人の世話で勤めに出るようになったが、わずかな給料はほとんど妻の手に渡ることがなかった。まつ子はそのころ、人のすすめで基督教の教会に行くようになった。そのことでもなければ、彼女はその不当な運命を忍ぶことができなかったろう。彼女はむりに嘉門まで改宗させてしまって、酒と煙草をやめることを誓わせてしまった。

「いままで、僕の言うままになって、人形みたいな女だったんですが、クリスチャンになったかと思うと性格が一変しましたよ、神様神様と言いだしたかと思うと、僕を逆に叱りとばすようになってしまったんです。耶蘇教《ヤソきょう》は恐ろしいもんです。ですが僕はさんざん苦労させたんですから我慢しています」

嘉門がこういって長い話を終ったとき、まつ子はじつに冷たい眼の色でさげすむように夫を眺めていた。その眼の光がこの家の冷たい冬の気の根源になっているのだと私は思った。そして、何ということなしのきまり悪さからまた当り散らそうとして形相を変えはじめた嘉門を残して二階にあがったのだが、もうあがりきらぬうちに、私は嘉門の変質的な怒号《どごう》の爆発と、ますます冷たく冴《さ》えたまつ子の声と、咲子の泣声とをきいた。

嘉門はそれから外に出ていったが、しばらくして帰ってくると、私の部屋にきた。

「家の中まで女牧師がいるんじゃたまりませんからな。ですが、腹を立てて出てはみたものの、風は寒し、懐《ふところ》には一文もなし、酒はのめず煙草はなし、湯ざめはするし、……きみ！　煙草一本お持ちですか」

私がさしだした煙草の数本に彼の心はまた鎮《しず》まった。

「しかしこれは家内には秘密にしていただきたい。じつは去年までは家の中でもそっとやっていたんですが、吸殻をみんな火鉢の灰の底に埋めておいたところが、掃除でそれがみつかりましてね。それをまた家内が教会の牧師にいって僕に訓誨《くんかい》をたのんだもんですから教会じゅうの笑い話の種になりましたよ」

私は彼の気を変えようとして、壁のマティスを指さして、「絵はお好きですか」といった。

「ははあ、好きです。あんなののもっといい版画を外国から取寄せて売ったんですがすっかり損をしました。ですが、商売は別としても絵はいいですな。たくさん売れ残りを持っていましたが、みななくなった。セザンヌ、ゴーホ……いや、本当をいえば、それよりも女の絵がいいですね。ゴヤ、アングル、ルノアール……ルノアールの女ときたら」

彼は唾液《だえき》をぐっと飲みこむようにして眼を半ばとじた。「ところが、僕が商売をやめても、そんな裸体の絵ばかりだいじにして置いていたんですが、例のクリスチャン主義で、みんな家内が僕の眼の前で焼いちまったんです。めらめらと裸の女が焼けましたよ。惜しくてたまらなかったが……あなたはそんな絵を持っていませんか。持っていたら一枚ここで焼いてみましょう。そいつはたまらんほど綺麗にみえるものですよ。僕はその時、女の体が焼けるのをみて、興奮してうっとりしましたよ。ほら、昔の帝王は女を焚《た》いたっていうですな。あの気分ですな」

私は彼の顔が上気して恍惚《こうこつ》となって、宙に幻を追っている表情になるのをみたので、気味がわるくなった。この男には、桀紂《けっちゅう》、カリグラのごとき血が流れているのである。彼はそれからしばらく、画商時代につきあった画家たちが、今となっては見向きもしてくれないことをいったが、彼があげた名前が本当であったとすれば、それはかなり有名な人たちの名も含んでいた。……嘉門が降りて家の中が静まってから、私は眠ろうとしたのだが、初めての家での睡眠はなかなか訪れてこなかった。奇怪なこの家の印象を頭から払いのけて眠りにつこうとするのであったが、ますます眼は冴えてきたし、風が出たのであろう、欅の樹が悲しげな音を立てるのがはっきりと枕元にひびいてくるのであった。ずいぶん夜が更けて、私は手水《ちょうず》に降りた。廊下の硝子障子《ガラスしょうじ》の間から、みるともなくみると、嘉門と二人の子供とはとっくに眠っていた。嘉門の顔は巨大な子供の顔に似ていて、大きないびきが廊下にまできこえていた。部屋の片隅の暗い灯影《ほかげ》に、ぐったりとしてつかれて蒼ざめたまつ子が崩れるように坐っていたが、純白と淡紅色との毛糸を膝一面に散乱させながら、私にも気づかないで、一心に編みものをしていた。その編物がそこに眠っている子たちのではなく、どこかの人から頼まれた仕事であろうということは私にもわかった。二階に帰って時計をみるともう二時に近かった。

こうして、霧島家の中での私の生活がはじまった。

まったくの偶然で、その瞬間まで存在するとも知らなかった人々が構成している家の中に投げこまれたのである。この関係を、私は、生物の断面図をみるようなものだと思った。自分はその生活とは有機的な関係を持ってはいないのだ。自己の家族の中、友人の中での自分の位置は、自分もその有機体の構成の血肉的な要素の一つであるということであるが、下宿というところでは、ある金を払うということの関係のほかは何もない。そのくせ自己の家族の中でよりも、もっと明確に、まざまざと細微に、その家族の生態のあらゆることを見るのである。これはある生物を切断した解剖の図をみることと同じであって、ここに臓腑《ぞうふ》があり、ここに神経が走り、ここに血管が分岐していると、冷酷精緻《せいち》な知識を思うままに得ることができるのだ。しかし、この知識は、同時に非常に不自然なものでもある。花の断面図をみ、女の断面図をみたとしたところで、それは外側から花を愛したり、女を愛したりすることではない。そのどちらがいいかといえば、もちろん、断面図よりは朧気ではあろうとも、生きた全貌を愛することを人は取らなければならぬのだ。しかしその冬、霧島家に入っていった私は、感情的な対人関係に疲労して、ひどく厭人的になっていたのである。私は、この家の、夫と妻、父と息子、父と娘、母と息子、母と娘、兄と妹の関係の切断面、その心理的生理的な反発と執着《しゆうじやく》の切断面をみるにつけて、その冷やかで新鮮な知識の角度をよろこんだのだ。そして、できるだけ非人間的な関係に自分を置いてその知識欲をみたそうとした。私のそれからの霧島家での生活は、この態度と、それにもかかわらず自然に私に結びついてくるこの人たちとの人情的な関係との錯綜《さくそう》であった。

第二章

私は朝はおそくまで寝床に入ったままで、日影が東から南の窓まで動いてきて壁のマティスの絵や、机の上にゆうべからひろげ放しになった本などを輝かせるのを眺めていた。薄く覚《さ》めた耳には朝早く学校にかよう兄妹の声が下からきこえてくる。咲子はいつものように兄に泣かされていて、ひいひい声が、いかにも寒そうに空気をふるわせている。しばらくして、嘉門がかならずなにか呶鳴りながら荒々しく格子戸《こうしど》をあけて出てゆく。妻を呶鳴りつけないときは、「あああ、この寒いのに、安い月給で、人をこきつかいやがって」と、この二階はもちろん、隣近所までひびきわたる声で愚痴を叫び、それから大きなあくびをしたりして出てゆく。

あとのひそやかさがしばらくつづくと、その静かさの底から細々と湧きだす泉のようにまつ子の賛美歌がきこえてくる。はじめはかよわく冷たい声であたりを憚《はばか》るように流れているが、いつのまにか我を忘れたように、狂熱を帯びた甲高《かんだか》い声を漲《みなぎ》らせる。声の訓練を経たのでもなく、またこうした賛美歌は年を取ってから習ったのだから、妙な民謡風の節回しが混ったり半音が絡《から》んだりする。それで私は自分が恥ずかしくなったかのように床の中で首をすくめたりするのだが、そのうちに、これはたまらないと思いながらもふしぎな哀しさとわびしさに引き入れられてしまう。こうした朝の感情の混乱を、彼女の歌も止まり昼近い日射しで空中が暖まるころまでにやっと鎮めて、私は下に降りてゆく。まつ子はもはや膝いっぱいにさまざまの色彩の毛糸を乱しながら仕事にかかっている。私はその傍で、まずくなった味噌汁で朝餉《あさげ》を取りながら「ゆうべ晩《おそ》くまで本を読んでいたものですから」などと言い訳《わけ》する。

「卒業論文というものは大変なものだそうですね。このあいだ編物を教えに行ったお宅でも大学に行っていられる方があってそんなお話をききました」

「そんなことで、うるさい伯父のところから出てきたというわけですが、僕のはいい加減なもので、まあ学校に出ないで朝寝坊できるだけ儲けのようなものです。――それでちょっとお願いがあるのですが、聖書を貸してくれませんか。いま調べているところに関係があるので」私はいま調べているコウルリッジの詩について、聖書の必要を想いだしたので気まりわるくそういった。

「お安い御用で」とすぐ立ち上って自分の聖書を持ってきてくれたが、少し顔を赤くしながら私をみつめていった。

「一度教会にいらっしゃいませんか。この日曜日にでも。いい先生のお話があるのですが」

「僕はとても」

「でも、よくおわかりになってくださると思いますけど、あなたがそうしてくださるとほんとにいいのですけれど。この前に二階にいらしった方も、初めはいやがっておいででしたけれど、私がむりにお誘いしてから、そのうちにほんとうに熱心なクリスチャンにおなりでした。そして教会に来ていらっしたいいお嬢さんと結婚なさいました」

私はさっきの節外《ふしはず》れの賛美歌を想いだした。「これはたまらない」と口の中でつぶやきながら、聖書を手にとると、「その内にはいつか」と曖昧な返事をして二階に逃げた。

それからたびたび勧誘をうけた。それで、それから、日曜日ごとに、特に遅くまで眼がさめないようなふうをして寝こむことにして、腹が空いても、皆が教会に行ってしまわぬうちはけっして起きなかった。

朝はいつもこういうふうだったのではない。嘉門の勤め方は一風変っていた。朝早く出ていって、その夜は帰らないで翌日の午後帰ってきて、妻を呶鳴りつけながら、暗くなるまで寝てしまう。夕方起きてきて私の室にきて煙草を吸い、風呂にさそったりする。四日に一度ほど一日中勤めに出ないで家でぶらぶらしている。そのような朝は、九時ごろになると、きっと私の寝ている室に郵便を持ってきてくれるが、もちろんそれは口実で、煙草を吸いたいのだが、私が昼前に起きるまで我慢ができないのだ。そうして、私もその相手に、床の中で煙草を吸い、そのまま、昼ごろまでくだらない話をして過してしまう。私はこの習慣には初めは嫌悪を持ってはいたが、いつのまにかその悪習の魅力に慣れて、彼を心待ちするようになっていた。彼が、寝覚めのぼんやりした私に持ち運んでくる話は、彼の身辺や市井《しせい》の道化《どうけ》た話か卑猥《ひわい》な話で、それが彼の口から出ると、妙に脂《やに》っこくしかもとぼけた魅力になるのだった。

「お勤めはどういう工合になっているのですか」とあるとき尋ねてみたことがある。

「それは、事務のある時ない時によって違うんでして、わははは、内閣調査局もいいが不規則なので困るんです、わははは」と嘉門は笑って答えた。

私は内閣調査局がどういう性質のものか知らなかったし、また知ろうとも思わなかったから、そんなものだろうかと思ってしまったのだが、ある時、銭湯で、隣の家の保険会社員が本当のことを教えてくれた。その男は顔見知りだけの間柄であったのに、なれなれしく私の傍にきて背中を流してやろうといって聴かなかった。そして保険の話を持ちかけてきたが、私が取りあわないのをみると、きゅうに耳元に口をよせて「君は、霧島さんの勤めを知っていられますか。本当のことさ」といって、私が少し好奇心をうごかしたとみると、背中を流すのを忘れてしゃべりだした。

「——あれは、内閣調査局にはちがいないが、守衛ですよ。長いこと僕もだまされましたよ。ひどくふんぞり返って、《内閣調査局の方に出勤しとります》というから、すっかり脅かされましてね。僕も家内も子供もひどく尊敬していたんですよ。口惜《くや》しいじゃないですか。たいがいな守衛なら、制服で正直に家を出るもんですが、あの大将は、いつもモーニングの古いのか何か着て胸を張って出るんだから驚きますよ。押出しはよし、たいていだまされますな。ところが、その調査局にゆくと着換えるんですよ。金ボタンのモールつきの守衛服にね。そしてまた着換えて家に帰ってくるんです。——これは嘘じゃない。私がこの眼で見届けたんだから。郷里の先輩に保険に入っていただこうと思ってその調査局に行きますと、受付に大将がいるんです。吹きだしそうになるのをこらえて、知り合いだから知り合いらしく僕が《やあ霧島さん》と、いうと大将はおっかない顔をして睨んでね、《姓名は、用件は》と切り口上でいうんです。そして胸をふんぞっているんですが、やっぱりおおいに狼狽して赤い顔をしていましたよ。僕もおかしさをこらえて《私はこういうもんで》と名刺を出しましたよ。——その日からもう一月ほど、霧島さんが門口《かどぐち》で会ってもそっぽを向きましたよ」

私はこの話をきいたときに、どうしたものかこの保険会社員の方がうとましい気持になって、そのまま風呂を飛びだしてきた。それからは、嘉門の勤めについては彼にも妻にも話さないことにした。まつ子は後にいろいろと嘉門の性行を私に語ったが、そのことだけはけっしていわなかった。この心の離れあった夫婦の間に、まだこうした暗黙の共同防衛の心情があることをみて、夫婦というものの奇怪な深さを覗くような心がした。

曇って底冷えのする十二月のはじめの朝、非番の嘉門は、郵便を持って枕元にきたが、にこにこして一つの手紙で私の頬を軽く叩いた。それは、しばらくぶりに、庵原はま江という、伯父の家にいたころつきあっていた少女からきた手紙だった。苦笑しながら開いてみると、長く逢わないが、卒業論文はよくできているか、早く片づけて、クリスマスには遊びにきてほしい、などと書きはじめてあったが、大部分は、このごろ新たについたピアノの教師のことであった。その独身の中年婦人のピアノの巧さ、人柄のよさ、上品な美しさ教養の深さ、今何を習っているか、などを長く書きたてて、もうその人に習うのが、何よりも楽しみである、と書いていた。私はその行《ぎょう》の間に空々《そらぞら》しい心情をみた。夏から親しくなった運動家のことを書かないのは当然であるとしても、このピアノの教師のことをこんなに書きたてるのはどんなつもりか。私の気を引いてみるというような浅薄な手段を使う女でもあるまい。その手管《てくだ》にかかって、私がまたのこのこと出かけてくることを計算に入れているほど、私を単純に考えているわけではあるまい。私がこの厭がらせを、ただ厭がらせとして真直《まっすぐ》に受け取って、ますます私の心が彼女から離れてゆくことをちゃんと計算しているのだ。その道具に、同性との親暖というような曖昧なものを持ってきた婉曲《えんきょく》さの中に、それが意識的でないとすると、ますます恐るべき女性特有の感覚が、この何も知らぬ若い娘の中に本能的に備わっていることを示している。

嘉門は私のその時の表情を見て取るほど敏感ではない。彼はただ紅色の花模様のある封筒と水色の用箋《ようせん》とに仰山《ぎょうさん》に感じ入るだけの力しか持ってはいなかったから、煙草の煙を私の顔のうえに吐きかけながら、巨大な手で私の肩をゆすぶった。

「どんなひとですか、写真はありませんか」

「写真はありません。破ってしまったんだから」

「惜しいことをした。僕が鑑定してあげるんだった。とにかく、女は、腰が細いのが一番です」

彼は空中に二つの弧線を何度も何度も両手で描いて、中のくびれたX形をしめし、眼を細くして、「そうだ、この形の女だけが女です」といった。

私はふとまつ子の細々とした肢体《したい》を空《くう》に描いてみた。すると憂鬱《ゆううつ》になってきた。身を伸ばして、枕元の机の引出しを開《あ》けて、少しウイスキの残った小瓶を取りだした。こればかりは、まつ子を憚って嘉門に見せていなかったのだが、それを一口のんでから、彼の方にさしだした。彼はぐっと一息に飲んだ。たちまち、彼の顔じゅうは光が射したようになり、眼は霞んで細くなった。

「ああ、おいしい、これです。これです」と彼はつづけて三口ほど飲んで、それからべったりと私の枕元に坐って女の話をはじめた。

「ねえ、君。僕は、女房の体に閉《し》め出しを喰《く》ってるんです。これは悪いことをした酬《むく》いかもしれぬが可哀想じゃありませんか。キリストはマグダラのマリアと……いや、そいつは僕にはよくわからんが、とにかく、キリストの教えにだって酒と女はあるんでしょう」

「そうでしょうな」

「それで、君はその令嬢とどんな関係ですか」

「何の関係もありませんよ」

「君は隠しますね。君のような大学生が娘さんの二人や三人を物にしていないはずがない。現に僕でも、この内閣調査局勤務のおやじがですよ、……君が話さないから僕が話すが、いいですか……」

彼が話すところによると、まつ子のところへ以前編物を習いにきた娘をほとんど誘惑できそうになったので、そのために、以後まつ子はいっさい女の弟子を家によばないことにしたというのだ。私は、その話から、まつ子の必死なもがき、——嘉門の魂を救おうとする徒労のような努力だけを感じたのではあったが、その話自体は少しも信じられぬという顔をしたので、彼は、今度はほんとうだぞとばかり過去の話をはじめた。

彼はまた少年のころから知りはじめた放蕩のはなしをした。田舎の芸者、家にいた女中、それから後になって遊びまわった各地方の売笑婦のこと、その中には上海《シャンハイ》、香港《ホンコン》のことまであった。それが嘘でなかろうということは、その無技巧な話術の中に、真に迫ったものがあるのでわかった。私はいつのまにか、その話に引き入れられて、喜んで聞いているのだった。それどころでなく、「それで、腰の細い女が一番いいということに達したのですか」などと、彼を煽てながら、できるだけあくどい、淫猥《みだら》な話を引きだそうとして盛んに相槌《あいづち》を打っていた。

「この前この室にいたクリスチャンなんかにはとても話せなかった」と彼の方でも私を煽てたつもりになって、一生懸命に話した。中でも一番楽しかった想い出は、田舎で、小さな紡績の工場を作ったとき、その社長になって、数の知れぬほどの女工たちを誘惑したときだったが、それはみな金で解決した。今でもあの郷里には、自分の血をうけた、姓も名も知らぬ子供がいっぱいいるかもしれないといった。工場からの機械の音が鳴りひびいて、床も机も窓硝子も震えている社長室のなかで、キャッキャッと笑いこけながら、彼の愛撫に任した円々《まるまる》と太った、真赤な頰と真白な肌をした、髪の毛の赤い娘。海岸の松林の中まで追ってゆくと、転げながら彼の顔を爪で引掻《ひっか》いて血を出させたが、まもなく石のようにだまって歯を食いしばった、色の黒い、乳房の小さい、男のような体をした漁夫の娘。彼の家まで連れてきて蔵の中に入れると、ただ涙を流していつまでも泣いていた胸の悪い蒼白い子供のような体をした小娘、金と取換えのようにじつに平気に、品物のように体を任した農夫の妻。こうした話を彼は舌をなめずりながらつづけた。

私たちは、一時間もそうしたことを話していたろうか。そのときに、踊場で小さな物音がした。きゅうに話をやめて、私が耳をかたむけると、階段を降りてゆく忍び足の音がした。私たちは、顔を見あわせた。嘉門は私をみてそっと笑ってみせたが、その顔には、ありありと、狼狽の色が浮んでいた。が、すぐ立ち上って、荒々しく下に駆け降りたかと思うと、激しい怒罵《どば》の声がひびいてきた。言葉は乱れてひびいていたので分らなかったが、立ち聴きしたまつ子を罵《ののし》っているのにちがいなかった。まつ子の悲鳴がひびいた。彼が殴っているのかもしれない。私は降りて仲裁しなければならないのであろうが、激しい羞恥心《しゅうちしん》でいっぱいになってしまっていて、いままつ子のところに降りて顔を出す勇気などはなかった。まもなく、表の格子戸が開いてまつ子が出てゆく音がした。編物の講習にでも行ったのであろうか、と思いながら、私はやや安堵《あんど》した気持になってようやく起き上った。嘉門は上っては来なかった。嘉門の顔をみるのもうとましくなっていた。

早退《はやび》けの咲子が帰ってくると、嘉門は出ていったので、はじめて下に降りて、さびしそうな顔をしている咲子とふたりで飯台に向った。咲子は昼食で私は朝食であった。母によく似た咲子は私のために冷えた味噌汁を沸かし、飯を盛ってくれた。私は、つとめて平静をよそおって、学校のこと、友だちのことなどをききながら話しかけたが、咲子は私の落着かぬ顔色や挙動を感じて怯《おび》えたのであろうか、もじもじとしてほとんど返答の声も立てなかった。

家にはいられない心持がしたので、しかたなく学校に久しぶりに出てみると、この前には黄金色の葉を輝かせていた銀杏《いちょう》の並樹がもうまったく裸になっていた。午後の若い講師の教室に出てみたが、そういったわけで、その剣持信造《けんもちしんぞう》という講師の題目の英吉利《イギリス》文芸批評史というものは、もはや私の見当のつかぬところまで進んでしまっていた。それでも講義がすむと、もう薄暗くなった校庭の並樹の陰を門の方に歩いている彼に追いついて、私の論文についての二三の疑点をたずねてみた。私は彼の学問の力や生活については何も知らなかったが、どことなく素朴《そぼく》さのある態度に親しみを持っていた。しかし彼の方では私を知っているはずがなかった。

「君は……」と彼はいぶかしそうに私の顔を覗いたので、私は自分の名と論文の計画とを説明した。

「ああそうか、君は小説を書くのだそうだね」と彼はやや憫《あわれ》むようにいったが、思ったより親切に、いろいろと本のことなど教えてやるからいっしょに茶でも飲もうといった。講堂の曲り角のところで、彼は、「きのう、ここで学生運動のデモがあってね、君も知っているだろう、

Kが怪我をしたんだよ」と教えてくれた。私はこの見ただけでも心臓に悪くつかえるような黒々とした巨《おお》きな建築物の前で揉《も》みあい呶鳴りあい、そして、この建物でも象徴しきれぬような圧力の前で拳《こぶし》を振りあげるKたちは、いったいどんな厚い心臓の皮を持っているのだろうか、とその思想よりも先にその肉体的な剽悍《ひょうかん》さに感歎するのだった。学校の外にでると、彼は珈琲《コーヒー》を私に奢《おご》りながら、今からではもう手遅れだが、といいながら、いろいろ学問の上の注意をあたえてくれたが、その後で、私の顔をみてわらいながら、「いま、君の名で思いだしたが、君は庵原はま江という人を知ってるんだったな」といった。今朝の手紙で私の気持をいらだたせた女の名が、だしぬけに講師の口から出たので驚いた。

「どうして先生は知っているのですか」

「夏、山でね、いっしょに遊んだよ。英語を教えてくれ、といったが、これは断ったが、馬にのったり山を歩いたりしたよ」

私は素朴にみえるが鋭い神経を持っているらしい彼の眼の前で、自分の感情を見破られてはいけないと思って、努めて平気な顔をしたのだが、「僕のことを何かいっていたのですか」とついきいてしまった。

彼はちょっと悪戯な笑いをうかべたが、「いや。ただ君が文学をするんだ、といっていたよ。文学より遊ぶことの方が、あのひとは好きらしいがね。おもしろい人だが、いろんな青年と毎日遊んでいたので、僕はあまり相手をしなかったがね」といった。

この独身の強健な講師は、私を慰めながらからかっているつもりなのか、自分の弁解をしているのかわからなかった。

私はそれから酒飲み友だちをさそって飲んで、おそく霧島の家にかえった。坂路を、黒い星空の下に箒《ほうき》のように立って夜風にゆらめいている欅をめあてに登ってゆくにつれて、酒の醒《さ》めかけた頭には、また今朝からの、いいようのない羞恥の感じが湧いてくるのであった。——白痴のような肉欲漢であり、自分の運命をめちゃめちゃにした相手である夫と別れることをしないで、宗教の力で一家を立てなおそうとし、そのうえに病弱な体で一家の物質的な破綻《はたん》を防ぎながら苦しんでいるまつ子が、その夫に肉欲、酒、煙草、あらゆる肉体の快楽を封鎖していることは当然な心理であろう。それは罪人の魂を救おうとする愛からであるか、それとも潜在的な復讐の心理からであるか、それは分らぬとしても、少くとも彼女からあの観念的なキリスト教主義を奪ってしまったら、彼女の精神も肉体も支柱を失ってその場にもばらばらになってしまって、おそらく生きていることはできぬかもしれぬ。しかし、嘉門に禁欲を強いることがたとえ尊い愛であるとしても、あの男はそれで我慢できるものではない。圧迫された肉欲は、反動的にもっと狂暴に変化して爆発するほかはなかろう。そうしてみると、この夫婦は、どうしても合うことのできぬ平行線のようなもので、どちらがいいのでも悪いのでもない、まつ子の狂信も、当り前のことだし、嘉門の悪徳も当り前だ、どちらに同情することもない。これは平凡な断面図にすぎぬのだ。——と私はその時頭の中では考えをまとめようとしていたのだが、それにしても、胸の底から、今朝のことについてのはげしい羞恥心が湧きあがってきて、まつ子の顔をみるのが恐ろしいのであった。それでは伯父の家にでも友だちの部屋にでも泊ってくればよいじゃないか、などと思ったりしていたが、とうとう、門の前まできたので、思いきって中に入った。もう皆が寝ていればいい、と思った当ては外れた。嘉門は二人の子供たちと布団をならべて寝ていたが、その傍で、まつ子は例のように毛糸の球を膝にころばして編物をしていた。大きないびきをかいて、子供のような顔をしている嘉門を憎いような心持でみることはできたが、いつもよりももっと疲れて蒼白にみえるまつ子と眼を合わせる勇気はなかった。

「おそくなりました」といって、私はポケットからチョコレートを出して咲子の枕元に置いた。

「ありがとうございます」と彼女はいったが、それから、同じようになだらかな声で、私の顔は見ずに毛糸をみつめながら、「明日、教会にいらっしゃいませんか」と、じつにきっぱりといった。

「ええ、行きます」と私は答えて上にあがった。この応答は、咄嗟の間に、ほんとうに自然に行われた。しかし、私は自分の部屋に帰って、ちゃんとまつ子が敷いてくれていた布団の上に坐ると、これはいうまでもなく、俺の完全な敗けだ、美しい和解などじゃない、それにしても、一言で、今朝のことで引け目を感じている私の弱味につけこんで、私を思う壺《つぼ》に落しこんでしまったまつ子は、なんという腕のたしかな教誨師《きょうかいし》だろうか、それとも女というものはいつもこうして我々を落しこむのだろうか、しかし、俺は明日は教会にゆくかもしれぬが、それは方便《ほうべん》であって、けっしてクリスチャンにはならないだろう、そうだとすれば、結局は俺の勝になるということではないか、こうして男が女にずるく立ち回って勝ってゆくのであろうか、嘉門はするとまつ子に同じようにして勝っているのではないかと思いながら、机の上をふとみると、清らかな水仙の花が一輪挿《いちりんざ》しに生《い》けてあり、その傍に、例の聖書がきちんと置いてあった。それももちろんまつ子の仕業《しわざ》であろう、とはすぐ考えたが、そこから湧く感傷的なものへの反感よりは、むしろこうした感情の駆け引きに身を任せてゆくことを享楽するような心になって、聖書を取って、寝ながらひらいてみた。

聖書というものが、恐ろしくも深く荘厳な言葉でいっぱいになっているものだということを、ばらばらと出任せに読みながら初めて知った。しかし、その美しくて深刻な言葉には何かしら反発させるものがあるとも感じた。いや、反発という言葉で表わすものとちがっている。宗教がどうのこうのと観念的に反発する気などはなかった。ただ、その厖大《ぼうだい》な言葉の山積からはなんともいえないねばねばした体臭のようなものが圧迫的にやってきて疲れさせたのだ。それは、赭《あか》い毛と脂気《あぶらけ》とにみちた西洋人の巨大な肉体と取り組んで揉みあうようなどぎつさと濃厚さがあるのだ。日本人で、この聖書のとりもちのようなものと強烈な匂いとに平気で入ってゆける人というのはどんな連中だろうか。それは彼自身西洋人のように強靭《きょうじん》で心臓と観念力との肥大した人間であるか、それともそうした感覚など少しも分らぬ鈍感な人間であるか、その感覚に揉みぬかれて癡呆《ちほう》状態のようになった人間であるか、であろう。これに比べると近代文学などはよほど淡泊だ。

翌《あく》る朝は、めずらしく明るく晴れた暖い冬日和《びより》であった。

朝、子供たちは嬉々《きき》として日曜学校に行った。それが帰ってくるまでに、大人は教会にゆく用意をしなければならない。私も早く床を出て下に降りてみると、おどろいたことに、夫婦は何事もなかったように機嫌よく私を迎えて、いっしょにあたたかい朝餉を食べた。故郷から送ってきた美味い魚の干物をまつ子が焼くかたわらで、嘉門は無邪気に故郷の正月の話をした。私もたのしく相槌をうった。たがいの心の底に何がわだかまっていたとしても、この朝餉は私が霧島家でした食事のうちで一番明るいものであった。そのときに、坂を登ってくる自動車の音がして家が少しぶるぶると震えたかと思うと、この家には珍らしく客が入ってきた。夫婦はいっそうよろこびを増して迎えた。私の前に下宿していた医学士増居《ますい》が久しぶりにきたのであった。彼がここにいるうちに教会に通うようになって、それまでは相当に遊んだものがきゅうにまじめになり、いい成績にはなり、教会に来る立派な家の娘と結婚した。そのことは神の恩《おん》寵《ちょう》である、というふうにいつもまつ子が話していた。増居は髪の濃い白い顔をした小柄の男であった。立派な菓子折りを出して、「叔父さん叔母さん御元気ですか、今日はお願いがあってきたのです」といいながら、玄関の方をむいて「高《こう》君、上ってきたまえ」といった。青い顔をした青年が入ってきた。背が高く痩せていた。綺麗に分けた濃い髪のポマードの匂いがプンと部屋に匂った。増居の紹介によると、高は増居が病院で指導している朝鮮《ちょうせん》からきた医師で、いま朝鮮人の労働者の病人を献身的に世話している感心な青年であったが、そうした境遇のためにいま煩雑な関係がその身辺に起っているので、しばらく、——ほんのしばらくここのところ、どこか独《ひと》りの処にいたいと増居に頼んだのでここに連れてきたのだ、と増居はいった。そして私を見ると、ちょっと困った、という顔色をしたが、すぐ愛嬌《あいきょう》よく笑っていった。

「でも、この方がいられるのじゃ、……隣の四畳半といっても御迷惑になるかもしれないし……」

私は、なんというまわりくねったことをいうのだ、俺はいやだ、と思ったが、憂鬱な顔をしている高をみると、「さあ」といって生返事《なまへんじ》して嘉門夫婦の顔を見るほかなかった。嘉門は不愛想《ぶあいそ》な顔をして高をじろじろながめていたが、こうした嘉門のような男にかぎって、民族的な感覚は単純で激しいのである。しかし、まつ子は、ただ増居が訪ねてきたということで上気するほど喜んでいて、私の方をみて、「あなたさえいやとおっしゃらなければ」といった。

ここでも私は敗《ま》けた。「ええけっこうです」といった。増居は、ありがとう、ありがとう、と私にいった。そのうちに子供たちが帰ってきて彼にまつわりついた。彼は絵本やノートを子供たちに出した。まつ子は久しぶりににぎやかな笑い声を立ててよろこんでいた。私は二階にひとり上りながら、承知したのはまつ子に敗けたからではないぞ、むしろ、嘉門のような単純露骨な民族感などないことを自分に示したかったからだ、と考えてみたが、しかし、実際はこの家は他人の家で私にはなんの権利もなく、むしろ相談をうけたことを感謝すべきかもしれなかった。みしみしと階段が鳴って嘉門があがってきた。「教会に行くんだそうですよ。さあ、ここにも新しいクリスチャンが一丁できたぞ、わははは」みると、彼はおどろくべき服装をしていた。襟に大きな獺《かわうそ》の毛皮のついた巨大な外套《がいとう》をきていて、「わはは、どうです」と外套の裏をひるがえしてみせた。裏にも一面に何かの毛皮がついていた。「君、これだけが僕の全盛時代の残りものです。千円近くかかったよ。何もかもなくなったが、こいつだけは死んでも手離せんのです。じつはきのうまで質屋に入っていたんですがね、きのう、ほらあの一件で女房にとっちめられて、すったもんだの大立回りを君の留守にやった。その後でこの寒いのに外套なしでおきやがるやつがあるか、と逆に僕が呶鳴りつけて、女房のものを持っていってこれを出したんです」嘉門とまつ子との間の感情の波の起伏、その勝敗の関係ほど奇怪な倒錯《とうさく》にみちているものはない。醜猥《しゅうわい》な話を立ちぎきされて、喧嘩になって、それが逆にこの外套を質屋から出させるという嘉門の勝利になるというのは、どうした精神上肉体上の争闘の交錯の結果であったのか見当はつかなかった。ただ私は、この男が、あらゆる富と贅沢とを喪《うしな》ったあとまで執拗に持ちつづけているこの毛皮への愛の中に、太古の原人の猟獣本能の名残りのような、熾烈な本能の匂いを嗅《か》いだのだった。

増居も久しぶりに教会にゆくといって、

「高君、君も行こう」とさそった。

高は渋った顔をしたがついてきた。まつ子はいそいそとしていた。外は、めずらしく暖く晴れた日だった。家と樹々の並んだ高台から低地のうえにかけて、朝の空は蒼々《そうそう》とはれて、日は小さくその蒼さの中に融け入るように輝きわたっていた。あまりに明るいその空をときどき流れてくる雲切れは、白さを通り越してときどき淡紅色に美しく煌《きら》めいていた。嘉門は偉大な外套を無帽のまま着て、いつもよりももっと肩を怒らして、みなの先頭に立った。毛皮と羅紗《ラシャ》とはさすがに明るい光の中では古びた色を隠しきれなかったが、それでもこの六尺に近い巨漢が毛皮の山のように立ち、傍にうつむきがちな細々と蒼白いまつ子を歩ませ、その後に増居と高と、制服の私とを従えたところは、路をゆく人間が立ちどまって見るのもむりのない光景であった。私は、ふと何か露西亜《ロシア》の小説にでもこんな場面がありはしないか、美しく晴れた秋の朝、巨大な地主が一族郎党を従えてこんな外套をきて教会にゆく、といったような図はありはしなかったかと、思った。

谷を渡った向うの住宅地の中に、よく繁った樹の樹立と裸木の植込みの中に、小ぢんまりした教会があった。中はほっかりと暖くストーヴが燃えていて、かなりの男女が、もう木のベンチに腰かけていた。嘉門は悠然《ゆうぜん》と入っていって外套の肩をそびやかして一度見回してみなに挨拶してから脱いだ。まつ子はすぐ老若《ろうにゃく》の女たちの一群に取り巻かれて幸福そうであった。するとその女の群の一人が増居を見つけると、「あら」と大きな声を出してみなにささやいた。まもなく増居は女の群の真ん中に取りかこまれて「しばらく」とか、「奥様は」とかいわれているらしかったが、彼はその中で凱旋《がいせん》した英雄のようににこやかであった。そのまま、私たちは、まつ子、増居、嘉門、私、高の順でベンチに席をとった。

「……よろずのもの、永久《とわ》にしろう、御ちちよ」という賛美歌を、年取った婦人のオルガンにつれて唄《うた》いだした。まつ子の声はやはり熱を帯びて高くひびいていた。増居は低く正確な調子でうたっていた。驚いたことに、高も隣の男の本をのぞきながらうたった。私だけがだまっていた。しかし、嘉門の声はこの会堂の中で一番大きく、調子はずれでもありときどき文句もちがってくるようでもあったが、全体を圧してひときわ高く鳴りひびくのであった。神がもしユーモアを解しているものならば、この嘉門の鑽仰《さんぎょう》には天上から微笑んだにちがいなかった。

そうしているうちに説教がはじまった。髪の毛の白い小柄な牧師が、「コリント前書《ぜんしょ》」のどこかから引きながら、現代の道徳退廃について話しはじめると、嘉門は、私の小脇をこづいて、「あの牧師も、さっきオルガンを弾いたその妹さんも、君、童貞なんですよ」とくすくすと笑った。その説教は永くつづき、文学を攻撃するところもあって、今のような文学をするものの気が知れぬ、ということを娓《くど》く述べたてるのであった。そのころ、ふと気づくと、嘉門の快よさそうないびきが、はじめのうちは低く、しまいには遠慮もなく高くひびいてくるのであった。彼はその重い体を、時に増居の方に、時に私の方に、ぐらりぐらりと傾けてきてのしかかった。そのこめかみのあたりには、部屋の暖さに蒸されて、大きな汗がにじんで、頬の方に玉のように流れ落ちていた。それはいかにも快よさそうな熟睡だった。私は、彼の体軀に押しつぶされそうになりながら耐えていたのだが、肩越しにまつ子の方をみると、彼女は一方に説教の言葉を聞き逃すまいとしながら、耳のつけ根を紅《あか》くして夫の方にも気を奪われて、いらだっていた。会衆はときどき私たちの方をふり向くものもあったが、いびきの主が嘉門だと知ると、いつものことだ、というような顔をして、また説教をきくのであった。とうとう、増居がひどく嘉門の脇腹《わきばら》を突いたらしく、二三度突かれて嘉門が眼をさました。終りの賛美歌のとき、嘉門はまた高らかにわめくように歌うと、周囲ではこのときくすくす笑うものもあった。まつ子の声はこの時は恥じらっているのであろうか、低くききとれないほどだった。

礼拝が終って外に出ると、また毛皮にくるまった嘉門は、このときますます晴れ渡った蒼空を振り仰ぎながら、気持よさそうに深呼吸して、「ああ、いい天気だ!」と叫んだ。ぞろぞろと歩いていた人々はこの時は遠慮なく笑った。私はずっと嘉門と並んでいたのだが、その時に、増居と並んで少しはなれて歩いていたまつ子は、私のところにそっときて、改まったような調子で、顔を赤らめてうつむきながら、「大変失礼いたしました。もうあまりお誘いしない方がいいと思いますわ」といった。私ははじめ、これは嘉門のこうしたありさまなど見せたのでは私を誘ってもなんにもならぬと諦《あきら》めたのだろうか、とにかくありがたい、と思ったが、すぐ、そうではない、さっきの説教で文学を攻撃したのを、敏感にも、それが私の心を傷つけたろうと察してくれたのであろうと考えなおした。そうして、明るい光の中で白く消え入りそうにみえる女のうつむいた顔をみながら、何か私が悪いものであるような心になったが、しかしその感情が私を喜ばしいような気持にするのは不思議だった。

第三章

あくる日の夕方、私たちが夕飯を食おうとしているとき、高は移ってきた。彼は怜悧《れいり》な顔をしていた。眼窩《がんか》のあたりがまったく扁平《へんぺい》なことと、顔色が深く沈澱《ちんでん》した黄色の光沢をたたえていることとをのければ、その容貌や表情のどこにも朝鮮半島の人と思わせるようなところはなかった。言葉の歯切れもよく、ときどき英語や独逸《ドイツ》語の単語をまぜたひどく気の利《き》いたものだった。これも、濁音が半濁音に、——ビがピになったりするのでなければ、少しの隙もない、東京のインテリゲンツィア青年であった。ただその様子にはどことなく落着きのないところがあるような気がした。

高は子供たちに土産《みやげ》の菓子を出したり、食事しながら、「おじさん、おばさん」と親しそうに夫婦によびかけたりした。嘉門がむっつりしているのをみると、勢いまつ子の方に向って喋るのだった。

「——教会。教会は僕（ときどきボクと発音した）にはほんとうに懐しいものです。僕の育った町には、アメリカ人が建てた古い教会があって、僕は子供のときからそこに出入りしました。今じゃクリスチャンともいえませんがね、でも、あの黒っぽい煉瓦塀《れんがべい》に蔦《つた》が這《は》った教会の中からひびいてくる鐘の音や、マロニイというアメリカ人の牧師の白い髭なんか、はっきり思いだします。この坊ちゃんや嬢ちゃんの年ごろから出入りしたんですからね。僕が今のような仕事をしているのも、その感化からかもしれません」

まつ子はこの高の言葉をきくと嬉しそうにしながら、いろいろと朝鮮の教会の状態についてきくのだった。高はいちいち要領よく、少し悲しそうな顔をしたりして答えていった。すると、さっきからむっつりしている嘉門が大声でいった。

「——君の今の仕事っていうのはいったい何ですか。クリスチャンと医学生とはどんな関係がありますか」

高は思いがけぬ大声にちょっと縮み上ったが、またまつ子の方に向きなおってその仕事のはなしをした。——彼は、某私立医学校を出てその病院に勤めているかたわら、同郷の先輩の社会事業家が深川《ふかがわ》に建てている鮮人労働者のための施療病院に奉仕的にかよっている。ことに、その分院のようになっている洲崎《すさき》のはずれの埋立地にあるモヒ患者の収容所には一週に二度も通って、何十人の廃人に注射してやるのである。今日もそこに行ってきたが、埋立地の風は寒かったし、汚い室にごろごろしながら呻《うめ》いているモヒ患者たちはいくら慣れっこになっても行くたびごとにたまらないほどの悪寒《おかん》をそそる。そういうわけで、せめて夜の憩《いこ》い場としてこんな温かそうな家庭に泊めてもらいたかったのだ。今までの青年会の寄宿舎では、心を鎮める和《なご》やかな雰囲気がないうえに、友だちばかり多くなって、劇務のかたわらにも勉強しなければならぬ彼にとっては我慢ができなくなったのである。——

なんという感心なことだろう、——というふうにまつ子はひとりうなずいた。

高は、彼らの事業を助けている名士の名をあげた。代議士、貴族、高級官吏、実業家、名流婦人とつぎつぎに並べたてるのであったが、嘉門は、その十数人の名の中に一人として、「それなら僕が知っている」といいうるものがなかったのに業《ごう》を煮やしたらしかった。ふくれた顔をして立ち上って、ぷいと外に散歩に出てしまった。いつでも、なにか腹の立つことがあると二三時間も外をうろついてくる。たいていの場合は小遣銭《こづかいせん》も持たないで、夜の街から街へ、当てもなく彼流の感覚の刺戟《しげき》を求めて放浪するのであるらしい。

「僕はみなさんが、こんなにファミリアにアト・ホウムに仲間に入れてくださるとは思いませんでした」と高はいったが、それは、ただまつ子に向っていった、感謝の言葉であったろう。

「いいえ、それは当り前のことです。神様の眼からは……」

私ももうこの上には聞いていられないという皮肉な心地になって、嘉門と同じように立ち上って二階の部屋にかえった。するとしばらくして高も上ってきた。その室には、相当に立派な机や椅子が運びこまれて、机の上には注射器や顕微鏡が光っており、本棚にはいくらかの医学書もあった。まつ子は片づけを手伝っていたが、それがすむと、紅いカーネイションの花を持ってきて花瓶《かびん》にさし、そのついでに私の机の上の瓶にもさしてくれた。この前の水仙の花はもう凋《しお》れてしまっていたのだ。

「親切な人ですね、ここの人は」といって高は片づけがすむと私の部屋に入ってきた。私にはさっきからの感傷的な会話への反感がまだ消えていなかった。親切とはどういうものであろうか。この霧島家は私一人に部屋を貸すことで食えなくなったので隣の部屋に人を入れようとしたというにすぎぬ。その小さな部屋で我慢するには高のような男が注文どおりだった。私もこの一家がひどく困っていることを知っていればこそ隣に人が来ることは拒《こば》まなかった。まつ子は高の話をきいて感心して、高のために親切をつくすであろう。しかしそれは彼女の感傷的な自己陶酔であって、その底の事実はただこの条件の悪い四畳半に人を入れて少しでも生計をよくしようとしているだけのことだ。

それで私は、「さあ、どうですかね。ただ部屋を貸したいから貸しただけのことじゃあないですか」と答えた。

「君は唯物論者ですか」と高はちらりと皮肉な笑いをうかべた。

「君はクリスチャンですか」と私はいった。

「おや、これはお互に反対のレッテルがついたようだな」と高はいった。「この部屋をみると君は芸術家、――ブルジョア芸術家らしいし、僕はこれでも科学者なんですがね。ははは」

彼の言葉には絡んでくるようなところがあった。

「ああ、君のいわれるとおりでしょう。僕は観念的で、君は唯物的なのでしょう」私は、さっきから、ひょっとするとあの夕飯の時の高の感傷的な口ぶりも、まつ子の心理を読み取った上での功利的な駆け引きではないか、と疑っていたのだ。高の鋭敏な眼つきなどみると、そういう疑いがひとりでに起ってきたのだ。

「お互の化の皮を脱ぎますかね」と高はいった。

私はこういう会話のやりとりがいやになったので話をそらすために、机の傍にあった美術史の本をあけて、楽浪《らくろう》の古跡の瓦《かわら》の写真を出して、「君は平壌《へいじよう》だそうですね。つまりこの楽浪なんでしょうが、僕はこの古い瓦の写真など眺めていると、たまらないほどいい気持になるんですが」といった。

「はああ、やっぱり君は唯物論者じゃない。僕たちの土の中から出てくる昔の物をみてうっとりしているんです。それは僕たちには恥辱ですよ。君たちが楽浪とか慶州《けいしゆう》とかの古美術に憧《あこが》れるのは、優越感ですよ」

「いや、そんなつもりじゃない。僕は君にそんな感情を与えるためにいったのじゃない」

「それはよく分っていますよ、だがね、こんなことがあるんですよ、一時、あの楽浪の古跡の近くの農民は、田畑を耕すことよりも瓦を掘ることを仕事にしたんですよ。瓦を掘りだす方が穀物を作るよりも金になるんだ。僕たちの土地は死んでいて、耕すよりも、昔の——それも支那人のつくった瓦のカケラを掘って食う、こんな惨《みじ》めなことがほかにありますか。おかしいほど惨めな話でしょう、そんなことをみて唯物的にならずにいられますかね。僕は君に反抗するんじゃない。僕が君に最初おおいに精神的にはなしかけたら、君は部屋代がどうのとかいってきた。それなら本当の調子で話すほかないでしょう」

「だが、君はさっき教会の話なんかしたじゃないですか。それは嘘ですか」

「嘘というなら嘘といってもいいです。だが子供の時は本当に教会に行っていたんです。あの時からずっとおとなしくアメリカ人の宣教師のいうことをきいていたら、僕は秀才だったし、可愛がられてアメリカにでも連れていってもらって今ごろ立派に食っていたでしょう。若い一本気のときに、宗教を懐疑するといっしょに正直に教会から離れましたよ。惜しいことをしたものですよ。今なら何か徳をするまではかじりついて離れませんがね」

「つまり宗教だろうと何だろうと唯物的に利用するんですか」

「そうしなくちゃ食ってゆけなかったらどうしますか。唯心論でも唯物的に利用するってのもありまさあ」

「すると君の今やっている慈善的な施療事業もですか」

「そうかもしれませんね。まあ君は僕のことをそうでも考えながら、古い美術でも眺めていらっしゃい。ただいっておきますがね、僕が今していることは、そんな観念の遊戯より、いま眼の先でモルヒネが切れて苦悶しているやつにグッと注射するということです。そしてわずかの月給を貰うだけです。これもたいそう唯物的なことです。まあ、仲よくしましょう。僕もながくはお邪魔しないでしょう。——だが君、ここの奥さんは善良な上に美しいですね。それにひきかえて旦那は少しグロテスクでばかじゃありませんか」

「お互にこの家の人を批評しないと、約束しましょう。いろいろな面倒にならぬようにね」

「そうだ、君は頭のいいことをいいました。じゃおやすみなさい。——ああ、それから、ひょっとすると僕はとなりの部屋で夜うなされて叫ぶことなんかあるか分りません。が許してください。何も悪いことじゃなく、昼間の患者の夢をみて自分がそのモヒ患者になったような状態に夢でなって叫ぶんです」

霧島の一家の生活が十二月に入ってからますます苦しくなってきたことは本当だった。嘉門は変質的なところがあって、ことさら、曇り日とか雨降りとかには異常に興奮して、発作的にどなりちらし、家じゅうにある金を持って外に飛びだしたりする。まつ子は冬になってからは方々で頼まれた編物をほとんど夜も眠らぬほどにして編みつづけ、昼は方々に教えにまわる。食事の用意が夕の七時まで八時までもできぬこともあった。それほどにして彼女がとってくるわずかの金も、嘉門が家にいる以上は、彼が使う愚かな金のための穴を埋めて生活を立ててゆくのにも足りなかった。

私は夕飯がおくれることも部屋が掃除されないことも我慢した。まつ子の弱々しい体を見るときにそういう不平を口に出す気はしなかった。どうしてこの家を出てゆかないのかと、たまに遊びにきた友人などがいうこともあった。そのたびに自分でもそうだな、と思ってはみるが、よく分らないのだった。私が出れば、その後にここで我慢する下宿人があるかどうかとまで一家のために親切に気を回していたのでもあるまい。この没落した家の悪夢のような生活が自分の毛穴にしみこんで、そこに一種の快感を味っていた、ともいいきれない。それではここの誰かに、たとえばまつ子にでも愛着を感じてでもいたのか、といえばそれも自分には承服できなかった。だから私にはそうした友人にはいつも曖昧な返事をするほかなかった。

高とはその後にあまり親しく話す機会はなかった。彼は朝私が寝ているうちに出ていった。夜はどちらかが晩くなるのが例だったから顔を合わさない日の方が多かった。私は夜は深く眠るためか、彼の呻吟《しんぎん》をきいたこともなかった。高はこの家の生活を楽しんでいるらしく、たいていの日曜には教会にも行った。まつ子の眼には彼は哀れな同胞の救済のために苦闘している立派な精神的な青年医師であった。彼が教会に行きだしてから、まつ子はもう一度も私を誘わなかった。これは私にとってありがたいことであるはずだが、まつ子の関心が私から離れたことをはっきり感じてくると、私の親密の情はいよいよ嘉門の方に向うのであった。こうしてこの家の中では、いつのまにか眼には見えないほどのものではあったが、二組に分れた仲間ができた。まつ子と高と男の子とは一組であり、嘉門と私と女の子とは一組であった。嘉門と私とはますます乱暴な人間であるというように、家の中で露悪的な表現をとり、まつ子と高とはますます敬虔《けいけん》なまじめな人間だというふうに振舞っていた。嘉門はもう大びらに酒や女の話をしてまつ子を苦しめるのであった。そして夫婦が争うことはますます多くなった。はじめは金銭のことの場合もあり、嘉門の行いのことからの場合もあったが、まつ子の低い哀訴のような声からはじまり、まもなく嘉門の怒声と何かを毀《こわ》す騒音とになり、しばらくして争い疲れたまつ子が息を切らした声で細々と賛美歌をうたう。そのとき嘉門は荒々しく外に飛びだす。しかし、ときとするともっとその争いの後がふしぎな結末になることがある。外から帰ってきた嘉門がまつ子の前に大声をあげて、悪戯児《いたずらっこ》が母のゆるしを乞《こ》うように詫びていることがある。しかしたいていは嘉門は怒り通してあくる日まで狂暴な顔をしていて、私や高にも不機嫌に当り散らすことが多い。いつか偶然高と二人で二階にいてこうした争いをきいたことがあった。高は私の部屋にきて、しきりに嘉門が悪いというのであった。高は私が嘉門の同情者だということを見抜いているぞという眼つきをして、嘉門を攻撃した。私にしても、その高の考え方がまちがっているとは思えなかったのだが、彼の顔つきをみると反抗心が起ってきて、嘉門に愛すべきところもあり、まつ子の心がけはいいとしても方法が悪いところもあるといった。

「これもお互のレッテルが反対かもしれませんね」と高がいった。

「というのは」

「本当は君と僕との同情の表現は、——いや、少くとも君の同情の表現は反対の形で出てきているんじゃありませんか」

「高君、やっぱりこの家のことの批評はよすことに約束しようじゃないか」

と私はごまかすように答えたが、こうしたことにも、家の中に眼にみえぬ二組の感情の流れがあったのだ。

子供たちも二つに分れていたことは事実であった。輝雄はまつ子の愛情の焦点、彼女にとってのこの地上の生活での「神」であった。彼女に似ていて美しく、神経質で利口な少年だった。

非常におとなしいところもあるが、近所の子供たちと遊ぶときなどには、どこかに鋭い頭脳力でもあるとみえて、彼よりも大きい子供たちを引っぱって遊んでいた。学校もよくできるということだったが、家の中では、もはや父の嘉門がどんな男であり、どんなふうにして自分たちの家の運命を崩壊させ、いまどんなふうにして母を苦しめているか、ということをすっかり理解していて、ことごとに父に逆《さか》らった。平素はできるだけ父の眼に触れぬようにして遊んでいた。私が嘉門と仲がよさそうだということも感じていて、私を嫌っているらしかった。しかし、母と二人になった時には打って変って快活になって、思いきり甘えて母にじゃれつくようにしていた。まつ子は輝雄が甘えてくることをたのしみにして生きているようなものだった。その苦しい稼ぎの中から、できるだけ立派な学用品や服装を買ってくるのであった。彼は母のただ一つの希望であったのだ。彼女が明けても暮れても夢みていることは彼がいつか立派な人間になって、彼女が女としてめちゃめちゃに打ち毀されてしまった「男性」への夢を回復してくれることなのであろう。私にもその夢は不自然だとは思えなかった。しかし、この神経質で美しく利口な少年の眉間《みけん》に、ときどき嵐の前の稲妻のように閃《ひらめ》く一つの表情を知っていた。それは父に逆うときとか、妹の咲子をいじめるときとかにチラとあらわれるもので、その閃きは、私には、嘉門が狂暴になるときの眉間の色と露一つちがわぬ色のものの芽生《めば》えとしか思われなかった。血が嘉門から彼へと流れこんでいることなのだ。それが、いつかまた頭を擡《もた》げて母の夢を無慚《むざん》に破壊するものにならなければよいが、それこそまつ子にとっては嘉門の狂暴以上に気の毒なものであり、彼女の最後の一すじの希望までも滅ぼすものになるのだろう、その時にもまだ、まつ子は「神」を信じてその生活を戦いつづけてゆくだろうか。

咲子は蠟《ろう》のように白く透き通った細い手足と、大きな黒眼をもっていた。兄の悪戯に悩まされてひいひい泣くところをみると、私には「嘉門とまつ子」との争いの縮図のようにしか思われなかった。ここにも「男」の暴力にひしがれる「女」のすがたがあった。咲子はもちろんそうした女の運命を自覚する年齢ではなかった。いや、彼女は父と母とのことがどうであるかということもまだわかってはいなかったであろう。家の中というものはこんなものだと思っているのかもしれない。なるべく兄の眼をさけて、母の編物の横にいて小さな手袋や帽子を編むことを習ったり、母のいないときは、冷たい台所で皿をあらったり、簡単な食事の用意をしたりした。まつ子の咲子に対する態度は兄に対するほど優しくはなかった。それは咲子に対して彼女が持ちうる夢はまったくなかったからであろう。あったところでそれは自分が経てきたような真暗なものの復習でしかないだろう。嘉門の中にあるただ一つの美しいところ、それは弱い者への本能的な同情を発作的に示すことだったが、もちろん、弱いものといっても、彼がいままで傷つけてきた女たちのように彼の肉欲の対象となるものの場合には、その肉欲の方が強くて同情としてなどあらわれるものではなかったが、咲子に対するときは純粋に涙脆《もろ》い父となりうるのだった。彼は咲子を「サーチャン、サーチャン」といって可愛がった。「この子だけはしあわせにしてやりたいのです」といつか彼はきまりわるそうに私にいった。兄がいじめていると、理由もきかずに兄を叱り飛ばす。そこでまつ子との喧嘩になることもあった。嘉門と私という露悪者の組では、この咲子が女神《めがみ》であったといえよう。私もまた咲子が好きであった。咲子は私を好いてくれていたとはいえない。むしろ恐れていたかもしれないが、兄ほどには私を避けなかった。

歳末が近くなると一家の困り方はいよいよ眼についてきた。床の軸物や置物もなくなっていって、私の部屋などもいまはまったくマティスの石版刷一枚が壁に寒々とかかっているばかりだった。嘉門は、ときどき「金！　金がほしい！」と号泣するような声を張りあげて家じゅうをじたばたと歩きまわった。「人間は金で生きるものではありませんよ。それほどお好きなものならどうして捨ててしまったのですか」などとまつ子は低く美しいが底に憎しみをこめた声でたしなめたりする。と、嘉門が拳を振って弱々しいまつ子の体を殴りつける。こうしたことを、論文の締切りが迫って家にいがちな私は始終みるのだった。そのようなことのあったある夜、嘉門がいつもよりもっと狂暴な形相をして二階に上ってきた。いきなり私の煙草を摑んで三四本立てつづけに吸ったがまだ気持は鎮静しなかった。

「君、酒は？　ウイスキは？」

「あいにく切れているんだが」

「だめだな、酒くらいおいててくださいよ」といらだって私までも睨みつけたと思うと、荒々しく立って、ちょうどその夜は早く帰って何か書き物をしていた高の部屋の唐紙《からかみ》を開けて飛びこんだ。何事が起るのだろうかと聴き耳を立てていると、嘉門はまるで高に甘えるような声を出しているのだった。

「高さん、……僕は酒でも、煙草でも本当はだめなのかしれないんですよ。その酒も煙草も、女までとめられていて僕は生きているのが……だが、そのモルヒネ……僕はじつはむかし上海《シャンハイ》の……」とぎれとぎれのその言葉から、嘉門は高にモルヒネの注射をでも哀願しているのだな、と私は不安になったが、つづいて高の冷静なずぶとい声がはっきりときこえた。

「だめですよ。霧島さん。宗教は阿片《あへん》の代りになりませんか、ははは」

「だから君はくだらん奴だというんだ！」と嘉門は吶鳴ったが、また甘えた声でしばらく押問答していた。しかし高の答えはいつまで経っても「だめです」だった。

「似而非《えせ》クリスチャン！」と一言叫ぶと嘉門はばたばたと降りていって、外に出た。寒い町をほっつき歩いて発作的な興奮を鎮めるという最後の手段に訴えたのであろうと、私は暗澹《あんたん》とした気持になって、むしろ嘉門という肉の塊《かたまり》へのやりきれなくわびしい愛情すら感じた。すると高が私の部屋との境の閾《しきい》に立っていうのだった。

「君、あんな男に注射するようなモルヒネはないよ。いや、僕は、奥さんや子供たちのことを思うと、いっそ、もっと激烈な薬でも注射してひと思いに……」

「君は何をいうのだ」と私は高の方をみた。彼の口は歪んだ笑いの形をつくっていたが眼は憎悪で燃えていた。

しかし、「ははは、冗談だよ」と、高は私の詰問的な声に我にかえったようになって答えて、ぴしゃりと唐紙をしめた。

第四章

冬にしては珍らしく暖かなある朝、いつものように高が出、まつ子が教授に出たあとまで寝ていると、嘉門がにこにこして上ってきた。

「どうしたのですか。御機嫌ですね」

「いや、じつはゆうべあるところでいい女を買ったのですがね。絶対秘密ですよ。郷里の友だちと逢ってね。奢らされちゃったんですよ。なけなしのボーナスの残りをね。子供に何か買うつもりだった金をね。その代りにはそいつがいい知恵をつけてくれて、どうやら僕も来年はなんとかなりそうです」こういう日の嘉門の顔は、いいようもないほど明るくおだやかであった。

――「しかし、それよりも、君にいいことがあるんだ。ほら、これですよ。久しぶりに君の天使《エンゼル》からの手紙です」

彼は懐から水色の封筒を出した。それは本当に久しぶりに庵原はま江から私に宛ててきたものであった。もう来ないかと思っていたものであった。私はさすがにそわそわとして封を切ったが、読んでゆくうちに私の表情が変ってゆくのが嘉門にも見えたのであろう。

「君、どうしたんですか。そんな顔をしちゃだめですよ」

「いや、病気になってK・の海岸のサナトリウムに行っているのです」

「綺麗な娘さんにはよくあることだ。ふうん、そりゃ君はすぐに見舞いに行かなきゃならない。そうして仲直りするんだな。花でも買ってゆくんです」

「いや止《よ》そう」

「どうしてです。そんな理窟はないですよ。君はもっと優しい人でしょう。よしんばその人を君がもう好きじゃなくても、そのくらいの人情がない君じゃないだろう。女というものは可愛がってやるものですよ」

「そりゃ、今にも行った方がいいんですがね……」と私は言い渋った。そのときには見舞いにゆくための汽車賃もなかったのだ。「また今度ということにしよう」

「行きたくないのですか」嘉門は責めるようにいった。

「そりゃ行きたい。……ただ、いまのところ金がないんです」

「ははあ、また君も飲んだな。じつは僕もそんなわけでゆうべ鐚《びた》一文もなしになったが」と嘉門はいったがきゅうに立ったまま下に降りた。それから外に出てゆく音がしたが、まもなく勢いよく格子戸を開けて家に飛びこんでくると、息を切らして上ってきて、私の前に十円札を一枚置いて「あはは」と笑った。

「さあ、これで行きたまえ、K・ならこれで充分で、花でも菓子折でも買えるんだから」

「これは……」

「我輩《わがはい》は原価一千円の外套を持ってるんだよ」

「でも寒くて困るでしょう。僕の本でも……」

「まあいいから」

私たちはそこで、「ははは」と心からの仲好しのように笑いつづけた。笑いつづけてゆくうちに何かむせっぽいような気持になったので、私はあわてて十円札を掴んで起きて身支度した。風がなかったので海はやわらかな霧の下でただ紫色に光っていた。霧は陸のうえから空にかけては琥珀色《こはくいろ》の光沢となり、冬の午後の小さな太陽がその奥に融けるように輝いていた。海の向うにおぼろげな卵黄色に雪を光らせている富士山をみながら、病院に向う海岸の丘の路《みち》をのぼってゆくときは、額は汗ばむほど暖かった。私は久しぶりにこんな明るい世界の中に出ていた。そのために、女の病気のことよりも、女に逢うことのよろこびの方を感じてたのしい心になりながら、道の傍の青い草を見ながら登っていった。

私は、この心持から、ここでもう一度、こじれてしまった女との愛情を燃えたたせることもできるのではなかろうかという空想までもしながら、嘉門に借りた金で買った菓子の化粧箱をかかえて女の室に入った。しかしその感情は入った瞬間に破れてしまった。硝子戸の中に薔薇《ばら》とアマリリスと匂豌豆《においえんどう》とゼラニウムの花とが盛りあがるほどならべられた温室のような室のベッドに腰掛けている紅い絞り銘仙《めいせん》の部屋着の女に向って、私が学校でいつか話しあった若い講師剣持が籐椅子《とういす》にかけていた。私はまごつきながらどちらともつかず挨拶をした。

「まあ、あなたがさっそくくるとは思わなかった」「やあ君ですか。やっぱり来ましたね」「いましがたあなたのお話していたところよ」「僕も通知をもらっておどろいていま来たんだ」

女と彼とはかわるがわる私に話しかけるのだったが、彼がすすめる椅子に坐りながら、私はその言葉のよそよそしさを感じて、来なくてもよかったんだ、と思いながら化粧箱を寝台のはしに乱暴に置いた。

「富士山がよくみえるな。海がいい色ですね」と私はやはりどちらにともつかずにいった。

「この花いいでしょう」と真白な薔薇の花籠《はなかご》をみながらはま江はいった。「今もってきていただいたの。それからいろんな本もね」

「思ったより元気でよかったよ、君」と彼がいった。

私はああそうだ、とにかく病気のことをきかなくてはと思いながら、色が白くなってしまって頬のところだけ鮮《あざや》かな色を残している痩せた女の顔の美しさをまぶしくみながら、病状をたずねた。秋の末に彼女の一派のピアノのレサイタルがあってむりをして練習したために、その夜から風邪を引いてしまったのだが、なおるなおると思っているうちにこんなことになってしまった。今年のクリスマスには皆でうんと遊ぼうと思っていたのに、それどころでもなくなった、などと女はさり気ないふうに話したが、その合間に出る咳をきくと、私も剣持も暗い気持を顔に出さずにはいられなかったし、女もそれを反射しそうに眼をとじたりした。

「こんないい眺めも毎日ではあきるだろうね」と彼はまるで飾らない親しさでいった。

「ええ、だからもっとたくさん本を持ってきてくれなければだめよ」

「今度たくさんもってきますよ」

「今度っていって、もうお休みじゃないの」

「なかなか。でも来週も来ましょう」

「来週なんていわないで――」

彼らの会話は横にいる私のことなど気にもかけていないようなものだった。私はだしぬけに、卑怯《ひきよう》な厭《いや》がらせだとは思いながら、夏のころはま江がつきあっていた運動家青年のことをきいた。

「あの人はだめ。昨日も来たけど。東京からこんど買ったロードスタで来たわ。あたしの処へくるのが目的か、自動車みせるのが目的でこの辺にきたのか自分でも自覚して考えることができないくらいばかよ、あんなのはだめ」

「病気をすると精神的になるもんですね」と私はまた女と講師とに半々でいった。

「ひどいわ」女は傍の匂豌豆の花を邪慳《じやけん》にもぎ取りながら本当に私を睨んだ。

「卒業前の大学生なんて、一種のヒステリだからな」この剣持の言葉は私にとって激しい一撃だった。卒業試験、就職難、そういったものが団塊《かたまり》になって私の頭をどやしつけた。彼はその言葉の効果を充分見てとると、優越感にほほえみながら立ちあがった。

「僕はもう帰ります。今夜どうしても出なきゃならない会合があるんです。――君はもっといて少し仲好く話したまえ。僕はね、さっき来たなんていったが、本当は朝からいたんだからね」彼にはこうした淡泊な率直さがあって、それが魅力になって学校でも私たちを引きつけていたのだが、今のこの正直な告白は、かえって優越者としての余裕から出た言葉としか受け取れなかった。

「僕もかえります。いっしょにかえります」

「ああ、卒業論文があったね。コウルリッジか」もう何を彼がいっても私には頭からおさえつけるものであった。

「コウルリッジの《恋愛》って詩を今よんでいます」

「ははあ」彼はそれを皮肉とも思わないように平然とこたえながら、はま江の傍によって何か約束するような会話をしながら、一人で出ていった。私も後を追って出た。

海の紫色は暗さをましていた。空はただ蒼々《あおあお》として褪せた色になっていた。陸の上は冷えきっていたが、水辺にはまだ霧のぬくもりが残っていて、そのしめっぽく、生ぬるい夕方の空気の中を私たちは並んで駅の方にいそいだ。

「君、海の水の匂いは何か生物の匂いのようだね」と彼はいった。

「滅びた生命が無数に融けこんだような匂いですね」

「不吉なことをいう。僕は生命がまだ形をなさないで生れかけようとしている青々しい匂いだと思うよ」

それきり二人は黙りあった。汽車の中でも、二三度学問の話をどちらからとなくしてみたが、すぐに途切れてしまうのだった。しかし、汽車が新橋《しんばし》につくとき、彼は降りるといって立ちながら私にいった。

「あの人のことで君には話さなければならんこともあるが、今日は用事もあるし、君の気持の余裕もないようだから、またいつか機会をみてゆっくり逢って話そう」

「ええけっこうです。しかし、僕はなんでもないんですよ」

私はそこで降りて反対の方に歩きだし、残りの金で酒でも飲もうと思ったが、そう思ったとき嘉門のことが頭に浮び、どういう訳か知らぬが嘉門が懐しくなったので、そのまま家に帰った。帰ってみると、ちょうど夜勤に出ようとする彼を門口で見た。

「さむいな。こんな晩は一杯引っかけて出たいな。見ろ、お星様だってキラキラふるえてらあ」と彼は私に気もつかずに愚痴をこぼしながら、格子戸に手を掛けていた。

「外套は」まつ子が訊ねていた。私はどんなふうに彼が答えるかとそっと身を隠したまま聞いていた。

「ばか野郎。ゆうべ飲んで曲げてしまったといったじゃないか」

そして私が鼻先に顔を出すと、「やあ、お帰り、首尾は?」大声でいって私の肩を叩いた。

「だめです」それから小声で「明日にはあれは返します」と私は囁いた。

「ばかな」といいながら、彼は外套なしのまま外に出て、ぶるぶると一二度大きな身慄いをしてから、古びたモーニングの肩を聳《そび》やかして、威勢よく坂を降りた。空には一面に星がさむざむと光っていた。

第五章

クリスマスの少し前に私は本を少し持って田舎に出かけたが、それは締切りが近づいた論文を書くためばかりではなかった。この一家が、毎日の課程のようにくりかえす愁歎《しゅうたん》と愚痴とのあいだにも、クリスマスが近づくとなるときゅうに改まったようにいそいそとめでたそうな殊勝な表情を持とうとつとめているのを見るのがやりきれなかったからだ。夫と妻と子供たちが、いつもとちがって、神の祭の名のもとに、よそ行きの睦《むつ》まじさを造りだそうとしているのは、滑稽でもあり、またこのうえもなく悲しい光景でもあった。

私は仕事がすんでからも方々を旅してまわって、正月の中ごろになるまで霧島の家には帰らなかった。クリスマスの敬虔な表情、年末のもがき、また正月の表情——そんなものを避けて、見ないようにやりすごすという心持だった、その間に一度高から手紙を受け取った。それには、嘉門が正月の休みに郷里に金策に帰ったと書いてあった。立つまえに嘉門が高に話したところによると、田舎の霧島家にわずかばかり残った財産は老母が管理して、少し白痴で三十を過ぎても結婚もしていない嘉門の弟が受けつぐことになっていたのだが、きゅうにその弟が亡くなった。それで、嘉門は何か請求する権利ができたというので、いさんで東京を立ったのであった。旅でこの高の手紙を読んだ私は、嘉門が成功することを祈った。

しかし、東京にかえってみると、家の状態も、みなの顔つきも、少しもよくなっている様子はなかった。まつ子は相かわらずあおざめて疲れた顔をして寝る暇《ひま》もないほどに編物仕事をしていたし、嘉門は私が旅に出るまえに質屋から取り戻したあの壮麗な外套をまたなくして寒さにふるえながらいらだっていた。家のなかは貧寒乱雑をきわめて、金策が成功しなかったことは一目でわかるのであった。私はある夕方、まつ子の留守のとき、嘉門を慰めるつもりもあったし、暮の親切への礼のつもりもあったので、そっと町の居酒屋に連れだした。そして、国の方に行かれたそうだが、目的は成功しなかったのだろうか、ときいてみた。

「いや、成功したんだ」酒で元気になっていた彼は胸を張って答えた。「大成功だったんです」

「それでも……」

「帰りみちに僕がつかってしまったんです。久しぶりに金を持ったんでね」――嘉門はそれからながながと旅のはなしをした。彼は例の外套をきて、わざわざ内閣調査局という巨大な名刺を刷って、元日に旅立った。故郷は南国の海岸だったのであの外套では蒸し暑くてこまるほどうららかな気候だった。弟は発狂状態に近くなって死んだ。しかし、嘉門を信用していない母や伯父たちは、嘉門に金をくれようとはしなかった。立派な官吏になっているのだ、と名刺を振りまわしても、勝気な母はもうお前などに欺《だま》されはしないよといって相手になってはくれなかった。最後に嘉門は、「自分の子供たちが栄養不良で病気になりかけている」といって、母のまえで正体《しょうたい》もなく大声をあげて泣き喚《わめ》いた。すると母は、帰ってから全部まつ子に渡して、まつ子の受領証をおくるという条件で、伯父たちには内証《ないしょ》で五百円を都合してくれることになった。

「五百円、ときいたときに、大金だ！　と飛び上るほどでした。ところが五百円なんか、昔の僕なら一晩につかったはした金だったんですからね。そう思うと、その五百円というやつが、むやみに憎らしいようになってきて、うんと虐《いじ》みてやりたい人間みたいに見えてきたんです。その辺からそろそろ魔がさしてきていた」嘉門はそういってコップで酒を飲んで、また話しつづけていった。――そこへ、東京のまつ子から「神のことばかり書いた」ような手紙がきて、それが彼の心をまたいらだたせた。それからある日、暖い海岸をひとりで散歩していると、塩田の傍の駄菓子屋の店先きに坐っているお神《かみ》さんがあった。たしかに昔彼が弄《もてあそ》んだ女工たちのひとりだった。庭先きで遊んでいる大柄な汚い男の子をみて年を数えてみると自分の子供かもしれないとおもった。お神はすぐ、鬼でも見たかのように奥に逃げこんでしまったが、嘉門はそれから暖い海岸の石垣のかげに蹲《うずくま》って白い雲や蒼い海や島や白帆をみながら、生あたたかい海風に吹かれていると、しっとりと汗ばんできて、夕方まで彼の「青春時代の夢」をおもいだして涙を出した。その夜、彼は母から十円札を五十枚もらうと、すぐ汽車に乗った。さすがに五百円を持つと、東京の妻や子供のよろこぶ顔が浮んできて一刻も早く帰りたかったのだ。

彼はH・市まで出ると一等車の切符を無意識に買っていた。乗客やボーイが彼を胡散《うさん》臭そうにじろじろみるので、彼は腹が立ってしかたがなかった。朝、汽車が大阪につくと、向っ腹を立てたあげくボーイと喧嘩して、ぐわんと一つ殴ってやってから汽車から飛び降りた。百貨店に入ると、立派なフランス人形があった。咲子がどんなによろこぶだろうと思うと、五十円もするのをつい夢中になって買ってしまった。するとすぐ後悔してやりきれなく寂しくなったので、あるカフェに入って酒を昼間から飲んだ。夜になっても酒は止まらなかった。もう五百円もすっかり穴があいてしまったし、まつ子に非難されるのは分っていた。彼はもう自暴自棄になって酔って、女たちに人形をみせびらかして、籤引《くじび》きで当ったやつにやるといった。その籤に当った女とその夜泊ってしまった。翌日はまた後悔して朝早く汽車にのって東京に帰ろうとした。しかし一等車でまた腹が立ったので東海道のある海岸の町で、降りてしまった。そこにも女がいた。塩田の店先でみた神さんのように逞《たくま》しい酌婦《しやくふ》だった。

東京に帰ったときは二百円も残っていなかった。が、彼はそれでもその二百円をまつ子に渡したが、そのかわり、「一日、朝から晩まで殴って」まつ子をへとへとにまいらせて、五百円という受取りを書かせた。金は年末から待たせてあった借金取りがきてすっかり持っていってしまった。役所にゆくと、休暇はとうにすんでいたので危く解雇されるところだったが、やっと同郷の上役の取りなしで首はつながることになった。

「君は、僕を悪者だと思いますか」と嘉門はその話が終ると団栗《どんぐり》のような眼をむいて私に問いかけてきた。

「いや、正直な人だと思いますよ」

彼はうれしそうに、私に顔を擦りよせて、帰る途中で買った女たちがどんなにいい女であったかということを教えてくれた。

「どうです。これから、君、金があるなら、いっしょにどこか行きませんか」とさそったが、私はむりにそこを立たせて家に帰ることにした。

「君たちは女ということになるときゅうに堅いむずかしい顔をしてしまうね。だからだめなんだ。君はわざわざ海岸まで行って振られてくるし、あの似而非クリスチャンの高だって、こないだは醜態だったぞ。若い奴はだめだ」彼が酔払って卑猥な興味を顔にいっぱいに浮べて話したのによると、私が旅行していた留守のある日に、高のところに、朝鮮の女が訪ねてきた。高は女が入ってくるとあわてて、しきりに謝《あやま》るような歎願するような身ぶりで何かいっていたが、その女学生のようなふうをした色の浅黒い女は、ぐんぐん高を引張って二階の高の部屋に入った。嘉門は階段の中途まで登ってそっと聴いていたのだが、朝鮮語が何のことか分りはしなかったが、女は一時間も喚き、高はその間何の抵抗もなく女に罵られていた。女が帰ると高は嘉門とまつ子とに、あの女は情婦でもなんでもなく、自分をある政治運動に引き入れようとして追いかけているのだと弁解したが、本当は何か分るものか、高はあの女を恐れて逃げまわっているのさ。——と嘉門は軽蔑するようにいった。

外に出ると、私に肩を組んできたので、巨きな体の重みの下で私はよろよろとして歩いた。

外の空気はひどく寒かった。町を出て、省線の踏切を渡って、坂路にかかる広場をゆくときなど、冷たい風が枯木林の向うから雪が斑《まだら》に残った枯笹原《かれささはら》のうえを激しく吹きつけてきて、よろめいている私は吹き倒されるかと思ったほどだった。もう嘉門の酒は醒めてきていたのであろう。私にもたれかかった彼の体はぶるぶるとふるえていた。「ああ、酒がさめてしまった。頭がいたくなる」と泣くような声をあげた。

すると、突然、私からはなれて、道ばたの空地の入口に積んだ石材のうえに腰をおろしたかと思うと、両手で頭をつかんでしまった。

「寒い、寒い、たまらぬ。M・君。僕はばか者だ。ばか者、さっきの話をきいて笑ってくれないのはこまる」と私にいったが、私はただ茫然として傍に立っていて相手にならなかった。それで嘉門はきゅうに喚くように泣き声をあげ、拳で自分の頭を殴りつづけた。

「ああ、たまらん。俺はばかだ！　俺のような悪いものはない。俺が生きてるために女房も子供もどん底に落ちるんだ」まもなくわんわんと本当に泣きだしてしまった。あたりには家もない郊外の広原《ひろつぱ》だったし、強い夜風が雑木林と枯笹とを鳴らして吹きまくっていたので、人に怪しまれることはなかったが、その声は風の音に交りながら十分間もつづいた。ふと、私は異様な感情になっていることに気がついた。――この男といっしょに石の上に坐ってわんわん泣き叫びたい衝動と、横にころがっている丸太棒《まるたんぼう》でも取り上げて振りかざして、この巨大な肉の塊が砕けてしまうまで殴りつづけたらどんなにさっぱりしたいい気持だろうという感情との二つの逆流の中で、ただ茫然として立っているのだった。

こんなことがあると、そのしばらくの後は、嘉門と私とはそれぞれ何食わぬ顔をして規則正しい生活をするのが例だった。家の中で顔が合ってもわざとよそよそしい挨拶をする。嘉門はまじめに役所に通い、教会には柔順に妻についてゆく。私はとにかく学校に出てゆく。しかしまつ子が私に向って、何か私が嘉門のためにいい精神的感化を与えてくれているようだ、といって感謝してくれたときには当惑してしまった。このよそよそしい殊勝《しゆしよう》さはそんな上等の精神とは反対なもので、小泥坊のような精神だ、ということを彼女が見抜くことができないというまじめさは私を悲しくさえさせるのだった。

学校にゆくと、若い講師と顔を合わすことになる。彼の講義に対して好奇心を持つようになった私は、学校にゆくとたいがいはその時間には出るならわしになっていた。たいしたことをいうとは思われなかったが、物事を単純に明確に裁断する彼の頭の働きは、一種の美しさのように思われてきて、私にとっては妬《ねた》ましいものになっていった。ある講義のあとで彼は私を呼びとめた。暗い廊下の片隅だった。

「君はあれから見舞いに行かないそうだね」

「病気はどうですか」

「いいよ。僕は明日行く。ことづけがあればいいたまえ」

「何もないのですが」

「いいかい。あの人は僕が好きなようだし、僕も好きだよ。それでいいかい」

「僕はなんでもないのですから」

「じゃ、あの人のことを君のようなふうに小説に書いてもらいたくないのだ。この前の小説、あれは小説としてもあまりよくはないと思うが、あれでは君はむやみにあの人を悪く書いている。軽蔑したように書いてある。僕は病人には見せないようにしているが、どうして悪く書くのだ」

「どうしてというわけはありませんが、ああいうふうにしか書けなかったんです」

「君の物の言い方は曖昧だ。いったいどうしてあんなふうにしか書けないのかね。その前はむやみにロマンティクによく書くし、――小説というものは、真実よりよくでなくては書けないか、より悪くでなくては書けないか、というのはわざとじゃなかろうが、不便なものだね」

「先生は、ある人間がある物について書くということはその人間がその物について感じた精神状態を書くということなのか、それともその物自体が紙の上にそのままあらわれるということなのか、そんなことは説明することもできるものじゃない、とは思われないのですか」

「じゃ、君が書いたあの人の姿は、どちらなんだい。あの人の真実じゃなくて、君が勝手に心の中で捏《こ》ねあげた《ある女》の像なのかい。じゃそのことに対して、君はどうして《真実》というものへの責任感を持つことができるのかい。その責任の感覚がないようなものは、芸術といえるのかい」

　薄暗い廊下の窓ぎわに立って、私と彼とは寒さのために体を慄わせながらこんな議論をしていたのだが、その議論の意味はどうでもいいことであったろう。ただ二人はたがいに何かの言葉を吐きだして傷つけあおうともがいていたのであろう。仲間の学生たちは、二人の傍を通り過ぎるときに、みないいあわしたように薄い笑いを浮べてゆくのであった。学生の仲間には、私が教師に恋人をとられた男だということがいつのまにか知れ渡っているらしかった。彼らがその噂に猥雑《わいざつ》な空想の尾鰭《おひれ》をつけて話しあったり、わざわざ私をからかうために私にそのことを話しかけてくることもたびたびあった。私はそうした空気からはしだいに逃げるようになって、孤独になっていった。そして、もう私にとっては、霧島家の貧寒で乱雑な空気だけが身を置くべき場所となっていた。泥水の中でなければ落ちついて棲《す》むことのできないある種の魚たちのように、そのころの私にとっては、霧島家の空気がいちばん親しく皮膚を包んでくれるような心がした。そして私はあまり学校にも遊びにも出なくなってきた。

　その冬は特別に寒くて雪がよく降った。庵原はま江が行っている海岸のサナトリウムでさえ寒く冷えているということであった。風邪が流行《はや》って私が最初に四五日寝ると、その次に咲子がひき、それから嘉門、高、輝雄、という順にひいていって、みな数日ずつ熱を出した。しかし、蒼褪めて痩せたまつ子はとうとう耐えつづけていった。自分が倒れたならば一家はめちゃめちゃになってしまう、というぎりぎりのところに押し詰まった自覚がこの風邪の流行に対しても闘《たたか》いつづけて持ちこたえる力を与えたのであろう。それに彼女の編物の仕事は冬のうちに稼げるだけ稼ぐようにしなければならなかった。教会の関係の人々の親切で仕事は捌《さば》ききれぬほどあった。相当の年齢になってからはじめて習った技術はけっして上手ではなかったのに、彼女の忠実な気持からして頼まれた仕事はばかばかしいほど念を入れなければ気がすまなかったし、そのうえ期日はけっして間違えまいとするのだったから、疲れきった彼女の体をやすめる時間などはなかった。夜も三四時間も眠ったかどうかわからない。朝からうつむいて細い編目を追って眼と指とを間断なくはたらかせ、肩で呼吸をするようにしながら、ただひとつの慰めの賛美歌を繰り返しては歌っていた。その声は美しくはあったが地底から響いてくるもののように寒々としていて、私の耳にはたまらないほどさびしいものであったが、さすがにそれを辛抱していると、私もまたその声といっしょに低い暗いところに引摺《ず》りこまれてゆくような心になった。

ある夕、同じ高等学校を出た友だちと小さな会をしていると雪が降りだし、まもなく風が出て吹雪《ふぶき》になってこようとしたので、小早く帰ってみると、嘉門は夜勤だったたし、高も朝から出てまだ帰っていなかった。すこし飲んだ酒のためにかえって寒気を感じていたし、足が濡れていたので、下の炬燵《こたつ》のある部屋に入ってみると、輝雄が寝床で絵本を読んでいる傍で、まつ子はいつものように仕事していた。黄色い地に白い菊の花の模様のある美しいスウエタが少女の胸の半分を包めるほどできかけていて、白い花模様は小さな乳房のようにみえていた。ふと、咲子がいないのに私は気がついたのでたずねてみた。

「ああ、咲子はさっきお使いに出かけたのですわ」

「使いに?」私は明かに不快な表情をして、思わず詰問するような調子でいった。

「ええ」まつ子は私の調子を感じたらしく、やはりうつむいたまま手を動かして菊の花を編んでいたが、説明するようにこたえた。「今日の夕方までに届けると約束したものがあったものですから。同じ教会の方のうちのお嬢さんが明日早くスキー旅行にお出かけになるんで、スウエタを約束したのです。遅れてしまってやっとさっきできましたの。私が持ってゆけばいいのですけれど、今のこれとまだ一つ帽子とをどうしてもほかの方に明日の朝お届けする約束がありますので、そうすればこれが間に合わなくなりますので困っていますと、咲子がどうしても持っていってやるといってききませんので、ついやってしまったのですけれど、心配でさっきから仕事もよくできません。……やっぱり私が行けばよかったのです。輝雄は、……まだ、風邪がよく癒《なお》らないようですし――」

輝雄はそのとき塩せんべいをかじりながら、わざとらしく軽い咳をした。もうすっかりよくなっているはずで、今朝なども元気よく外であそんでいた。私はやはりまつ子の兄への偏愛を感じたので、だまって、まだ不快な顔をしつづけていた。炬燵に、まつ子の向う側に入って暖まっていると、雪嵐がいよいよ激しくなる響きはたえずつづいていた。家の裏の欅の樹立がごうごうと鳴っている。それからざあ! と雪崩《なだ》れるように雪の粉が流れてきて家の壁にぶつかってくる。すると安普請の家じゅうが震動して鳴りひびくのだった。

まつ子はきゅうに編針と毛糸とを膝に落して上を向いて、絶望的に眼をみはって、「私が悪かったのですわ。行かなくちゃなりませんわ」といった。

そのときに私は立って外套に手を掛けていた。「いや、僕が行きます。仕事をしていらっしゃい」といった。その家の路筋をきいて、「本当にすみません」という声を背中にききながら外に飛びだした。外は寒くて、しばらくのあいだに雪はすっかり深く積っていたし、風がときどき横ざまに強く吹き寄せてくるので、もう私でも歩きにくかった。どこの家も深く戸を閉しているので、あたりはただ真暗だった。坂路では危く二三度転げそうになった。咲子が行ったという家はさほど遠くはなかったが、私は母のためにこんな夜に出かけていった咲子が可哀想でならなかった。まつ子や輝雄への反感はもうほとんどなかった。官吏だというその見知らぬ家への憎しみももう消えかけていて、ただ、吹き荒《すさ》んでいる暗灰色の吹雪のようなものの下に圧《お》しつぶされようとしている霧島家にまつわる運命の憂鬱さを感じるばかりであった。

外套を頭からかぶってきた男にすれちがうとき、この辺で少女をみなかったかときいてみたが知らないと答えた。その男は酔払っていたらしくて、「へへへ」と笑って、私と擦れちがいざまに雪の中に転げた。私は咲子はそれでは向うの家で引き留められているのであろうと思ったので、とにかくそこまで行って自動車でも雇って連れて帰ろうと思って歩きつづけて、このまえ、嘉門が酔払って泣き喚いた広場のところまできた。すると暗灰色の雪明りのなかに、や

は り積み上げられた建築石材のかげに蹲っているものをみた。近よってみると、外套をかぶった咲子だった。

「さあちゃん、どうした」ときくと、だまってただ笑っていた。泣いてもいなかった。私の襟《えり》巻《まき》で首を深く捲《ま》いてやって、手を引いて、来るときの何倍かの時間をかけて、それでも転ぶこともなしに連れてかえった。咲子の手は雪よりも冷たいほどだった。坂の中途のところにまつ子が立っていて、咲子をみると雪の中にまろぶようにして抱きついた。

私は濡れていたし、寒くてしかたがなかったのでまた炬燵に入って暖まった。咲子はひどく冷えて濡れていたが、今夜にかぎって泣くことなどはしないで、いままでに見たこともないように緊張した強い表情をしていた。眼が、子供ながら勝ち誇ったように激しくきらきら光っていた。エプロンのポケットから向うの家で貰《もら》った代金を出して母に渡し、それからやはり貰ってきたチョコレイトを取りだして輝雄と分け、私にもさしだしながらぽつぽつと話した。向うの家では一生懸命に引きとめられて、子供たちがいっしょに遊ぼうといったり、ピアノを弾いてくれたり、いろいろ菓子をくれたりしたが、どうしても帰りたかったので、外に出ようとすると自動車を呼びそうになった。なんだかそれがいやだったので逃げるようにして出てきて、何度も転げながらあの広場のところまできて、気が遠くなりそうになって蹲《しやが》んでいたというのだった。向うの家ではずいぶんありがたがってくれた、といった。

「お母さんはね、祈っていたんですよ、さあお祈りしましょう」

私はなるべく横を向いてまつ子の感傷的な姿が眼に入らぬようにしていたが、まつ子は、――神がこの嵐の中でも一家のものに愛情を恵んでくださったことを感謝する　というようなことをいった。そして、その言葉のついでに、私の親切な行為も神様が一家の助けとして下し給うたものであり、また私のことも神がきっと長く覚えていられるだろう、などといったので、私はいたたまらないようなくすぐったさに赤面しながら、咲子のくれたチョコレイトを口の中で嚙《か》み潰《つぶ》していた。咲子はそれから兄と並んですぐ眠ってしまった。顔はまったく白く透き通るような色になっていた。

私が立ち上って二階に行こうとすると、まつ子はもっと暖まってゆけといって引き留めるのだった。

「ほんとうに私は今夜気を取り乱していたのですわ。あなたにお恥ずかしくてなりませんし、ほんとうに悪いことをしたと思います」

「そんなことがあるものですか」と、私はさっき不快な表情をしたのはひどすぎることだと思って答えた。

「こんなにまでして、子供をかわいそうな目に逢わしてまで働かなければならないのです。そしてこんなにしてもまだまだ私の働きは足りないのです」

「そんなに一生懸命に働かれてもですか」

「ええ、大きな穴が一方で開いておりますから」まつ子はそういって、しばらく黙っていたが、きゅうに私を真正面からみつめた。「お恥ずかしい目のついでに、もう一つ妙なことをおききしますけれど、嘉門は、――どうして五百円のうち三百円も途中で使ってしまったのか、もしかあなたには話しませんでしょうか。それが惜しいというのじゃありませんし、またたとえ五百円あっても借金の穴が埋るか埋らないかのもので、もう諦めてはいるのですけれど、もし嘉門が邪《よこしま》なことにでも使ったとしますと、私も考えなければならないのですから――」

「よこしまなことというのはどんなことか知りませんが――」私は言葉を曖昧にしてなるべくその話は避けようとした。

「堅苦しい女だとお思いになりましょうが、私は嘉門については頑固なことを、分らず屋といわれましても、要求するのですわ」

私はまつ子の言葉の勢いがはっきりとして強いのを感じて、ごまかすことは卑怯だと思った。簡単にではあったが、嘉門がどうして三百円を途中で使ってしまったかを正直に話した。そのついでに、東京にいるときにも、かならずしも厳格な戒律を守って禁欲生活をしているものでないということまでつけ加えた。(私はそのとき、まつ子が嘉門に酒、煙草のほか、すべての欲望を禁じているばかりでなく、その体にも触れさせないのだ、というかの嘉門の告白を思いだした)まつ子は空白な表情をして、編物の手をやめたまま炬燵の向う側から私を見つめていた。私は言葉をつづけた。――そうした嘉門の行状を見ていて、またすっかり打ち明けられていて、知らない振りをしたばかりではなく、それに荷担《かたん》するような態度まで取った私は悪かった。しかし、キリスト教がどんなものかを知らない人間としてごく常識的に私は考えるのだが、いま、嘉門のような強壮な、そして失礼だがあまり理性の足りない男に、まったく欲望を禁じてしまうということは、かえって狂暴に爆発して、手のつけられないようなことになる恐れがあるのだと思う。それで、少しばかりはその欲情の捌《は》け口のようなものをあの人のためにつくるということは、宗教の上からの意味はどうであるかは知らないが、常識としては賢明なことではないかと思う。——というようなことを、まつ子に向っていった。

「私はけっしてさっきのお話をきいて吃驚《びっく》りしませんでした」といってまつ子はまた編物をはじめた。

「お気の毒だとおもうんですが、しかし、どうして……」私はそこで少し躊躇したが思いきって日ごろから不審に思ったことをいってしまうことにした。「……どうしていっしょにどこまでも生活しようとしていられるのですか。とてもあなたの力であなたの思うような人になる人ではないと思いますが、それに……」

「私があの人を愛してはいないのだし、またあの人にとっても私と別れた方がいいとおっしゃるんでしょうけれど。別に私にしてもあれが善良な人になることがあるなどと思ってはいません。そんな気持でならもうとっくに別れていましょう。なんだか私はこうして苦しむことが私に与えられたただ一つの生活だ、というような、わけのわからない気持になっているのです。そのほかに何も考えられないのです。従兄など、東京で相当にくらしているものもあるのですが、初めは別れろ別れろといったのですが、もう私が頑固だとみるとこのごろは何もいいません」

「愛というようなものなのですか」

「もっと意地の悪いものかもしれませんわ」まつ子はそういって妙に引き吊った表情で白い歯をみせて笑ってみせた。その歯は、苦痛を噛みしめてそんなに白くなったというように光っていた。これは愛とか復讐とかいう単純なものでなく苦痛のにがさにかえって歓喜を感じているというような、一種の宗教的な自虐の感情の法悦恍惚《ほうえつこうこつ》であろうかと私は思った。

「こんな女ではなかったのです。田舎で、人のいい年寄りの両親に可愛がられて何もしらない娘でしたわ。人が西を向いていなさい、といえばいつまでもじっとそうしているというような娘でしたわ。きっと両親も人がよかったんでしょう。仲人《なこうど》に欺《だま》されて私を嘉門のところへ片づけたのです。何も知らずに、ねんねのような気持でお嫁入りしました。もう初めての日から、私は生きているような気はしなかったのです。新婚旅行だといって温泉に行ったときに、もう嘉門はたくさんの芸者を集めて騒ぐんですもの。私はただふるえていたのです。逃げてかえる勇気もなしになんの望みもなしに、あの田舎の暗い巨きな邸《やしき》の中で囚人のように、何年も何年も暮していました。そのころの私を知っている人なら、私がこうして他人の中に出て働いたり、夫に大きな声で喚いたりしているのをみたら、人がちがったのじゃないか、と思いますわ。ただ、ちょうどこの咲子のように泣いていたんですから。それがこんなに意地の悪い女になったのですわ」

まつ子はうつむいてひとりごとのようにこんな話をしたが、私はもう何も答えることをしなかったので、しばらく、二人の間に言葉が切れた。外では雪嵐がますます激しく音を立てていたのだが、きゅうにそのときに電燈が消えてしまった。闇の中で、まつ子は賛美歌を鼻声で唄っていたが、手さぐりで立って、蠟燭《ろうそく》を台所に取りに行って、まもなく炬燵の上に一本の蠟燭を立てた。そのおぼろげな赤味をおびた焔《ほのお》の方に、髪に火がつきはしないかと思うほど近く顔を寄せて、まだ編物をつづけるのだった。

「眼に悪いのじゃないですか」

まつ子は答えなかったが、しばらく手を休めて外の嵐の音をきいていた。それから傍に寝ていた子供の方へいざり寄って、輝雄の顔にまず触り、それから咲子の額にさわってみた。

「あっ、少し熱いですわ」咲子は熱を出しているらしかった。私が首を伸ばしてみると、蠟燭の薄赤い光の中でも、咲子の顔は蒼白い氷のように透き通り、頬のあたりには熱の紅みが浮きだしていた。まつ子はしばらく咲子を抱いて横《よこた》わっていたが、すやすや眠っているので少し安心したらしく、また、灯に顔をよせて編みはじめた。

「きっとあの子は病気になります。私が悪いのです。あんなふうに外を歩かせたりして」

「もうそんなことをいわれなくてもいいでしょう」

「いいえ、取り乱していたんです。ええ、……何もかもいってしまいます。どうして今日取り乱しているかってことを。笑わないでください」

「どんなことか知りませんが、笑うような気持じゃありません」私はゆれている暗い灯の向うのまつ子の唇が痙攣《けいれん》するように動くのをみた。

「今朝、私はある高利貸のところへ行きました。暮からの借金で、もうどうにもならなかったのです。当てにした嘉門のお金はあんなことですし。すると、その年寄りの高利貸が私の顔をじろじろみていいました。あなたのようなお綺麗な方は、何もそんなに苦しむ必要はないじゃありませんか。誰でもなさっていることで、けっして恥ずかしいことでも悪いことでもありません。ちょっと決心さえなされば、誰にも知れないように、楽にお金が入る方法があるんです。わたしは何ならそのお世話をしてあげてもよろしい。これは御親切のつもりでいうのです。今の世の中じゃ、それは当り前のことで、もう今までにも何人も、立派な紳士をお世話してあげたのです。恥ずかしいことなんかありません。ちょっと、男なら隠れあそびといったようなもので、それで楽にくらせるんです。そうした道がちゃんとついているのです。……私はもう金を借りることを忘れて逃げてきました。雪が降りだした中を、走って教会に行って祈ってきました。私の教会へゆくことなど、気違いじみているとお思いでしょうが、もし教会にでも行っていなかったら、この苦しさの中で、ずっと前からどんなことをしていたか分りません」

そこでまたかなり長い沈黙がつづいた。外では相変らず嵐がはげしく唸《うな》っていた。蠟燭の灯はほそぼそとして消えがちにゆれていた。私は、その薄い光の中でまつ子を茫然とみつめていたのだ。白い額に乱れかかった前髪、まだ痙攣しているようにうごく唇、俯向《うつむ》いている妙にふっくりとみえる頬——そうしたものが二尺ほど前にあるのだが、怪しいことに、私はそれに対して今までに感じたことのない感情をもってみつめていたのだ。彼女がどういう心持で、そんなことを告白したかはしらない。それはまったく無心な世間話にすぎないのであって、その底に本能の悪魔がいたずらしているなどと思うのはまちがいだったかもしれない。ただ、私の体の中から今までにない感覚が頭を擡げてきたことは事実だ。私はそして、はっきりと情欲的な眼でまつ子をいま見ていると自覚した。私の中の感覚は、その時までは堅い障壁をまつ子の周辺に感じて恐れていたのにちがいなかったのだが、その時に、その障壁が破れたように感じて、今までは意識下に押しつつんでいた情欲を一時に解き放ってしまって、ほしいままにまつ子の顔、それから編物をしている手、腕、それから肢体へとまつわっていっていたのだ。まつ子のその告白によって、障壁が破れ、彼女が、「女」——男の弄《なぐさ》み物になる「女」として、私の前に新しく立ちあらわれてきたのだ。私は長い間、まつ子から眼を放さないでだまっていた。

ふと、まつ子は眼を上げて私をみた。彼女の眼は一瞬に、私がいまどんな感情の状態にあるかをみた。大きな真黒な眼がぐるぐると動き、恐怖の色がその眼の中に光っていた。と突然、まつ子は、驚くほど甲高い声で、賛美歌を唄いはじめた。嵐のひびきと入りまじって、神と死とを歌うその声は気違いじみたほど激しく慄《ふる》えながら、いつまでもつづいた。「……みゆるしあらずば、ほろぶべきこの身、主よめぐみもて、すくいたまえ」

「エスきみよ、このままに、われをこのままに、すくいたまえ……」繰り返されてゆくうちに、声はしだいに高くなり、いつのまにか彼女は眼を暗い天井に向って輝かせ、腕を差し上げているのだった。「すくいたまえ、すくいたまえ」私はその繰り返しをきいてゆくうちに、自分の頭上に角でも生えているとまつ子は見ているかもしれないと感じた。まつ子はそうして、いったん崩れた障壁を、一生懸命に身のまわりにふたたび巻きつけようともがいていた。

私の欲情はもちろんひとたまりもなく消滅した。自嘲《じちょう》と苦笑と、奇怪な悪寒に似たものがそのかわりにきた。だまって立ち上って、炬燵の上にころがっていた蠟燭を摑んで部屋を出た。

そのときに、表の戸を激しく叩くものがあった。私が開けてみると、高が、雪だるまのようになって転げこんできた。外套を玄関に脱ぎすてると、よろよろと私につかまって、まつ子のいる部屋に行こうとした。私は彼の腕を摑んで、二階に上って、蠟燭をともし、火鉢の火をおこして、力なく酔っている高に水を飲ましました。高は私のウイスキをせがみ、火鉢で暖まりながら、幾グラスも立てつづけに飲んだ。二階では、裏の欅にうなっている吹雪の音はいっそうもの凄かったが、それでも下からのまつ子の唄声はときどきその吹雪の合間にきれぎれにきこえてきた。長い間、一言もいわないでウイスキを飲んでいた高は、やっと暖まったとみえて立ち上った。そして、にやにやと私を見ながら、「君こんな夜はひどく罪悪的だね」といいざま、隣の室に転げこむように帰っていった。「いや、ひどく芝居じみている、と言え」と私は誰にいうともなくつぶやいて残りのウイスキをのんで横になった。

第六章

夜が更けていったが、寝る前に高と二人で飲んだウイスキが頭を刺すように回ってきて、なかなか眠れなかった。雪はやんだらしいが、風が吹くたびに、一度物の上に積った雪がまた吹き上げられてきて、ざあざあという微かな音を立てながら、欅の枝の中で渦《うず》を巻いたり、崖のうえを走ったりして、この家の雨戸に吹きつけてくる。その細かな粉が、戸と障子のあいだから流れこんでくる気がする。引き被《かぶ》っている布団の間にまで流れてきて、冷えきった体をざらざらと撫でるような気持がする。そのくせに、頭は燃えて熱い。

その熱した頭を時おり挙げて聴き耳を立ててみたが、下ではもう眠っているらしく、さっきまで雪嵐に交ってときどききこえた唄もなく、しわぶきも物音もない。なぜ私は聴き耳など立てるのだろうか。心の中に、まだ、白い額《ひたい》にかかった髪や、俯向くとふくらんでみえる頬の色が、焼きつけられて残っているのだ。自分が厭《いと》わしく思われてきた。気を紛らすために本でも読もうとして枕元のスタンドをひねってはみたが、灯はつかなかった。闇の中で、そっと煙草を吸ってみた。

「君、君も眠れないのですか。僕も……」

隣から高が声をかけてきた。私はあわてて煙草を消して、眠ったふうをして答えなかった。

彼はさっきからずっと眼をさましているらしい。雪を漂《ただよ》わせた風の流れのなかに、寝返りを打ったり、独言《ひとりごと》をいったりする物音がしきりにきこえてきた。時とすると、風の音と交りあって、その声は唸り声にまで高潮してくることもあった。最初ここに来た夜、自分には寝言の癖があるから悪しからず、といったのはこれだな、これは、むしろ滑稽なものだ、と思って、こんなものは黙殺してぐっすり寝こむに限ると、私は考えるのだが、この夜にかぎって眼はいつまでも冴え返ってくる。

私は下に手水をつかいに行きたくなったので、高に気づかれぬように、闇の中でそっと立って階段の方に行った。

「おい！　君はどこへ行くんです。何しに行くんです」高は今度は甲高い声でさけんだ。

「どこへ行くもないじゃないか。便所に行くんだよ」私はその声を振りきって荒々しく階段を降りて、手水をつかうとまた荒々しく上ってきた。上ってくると、高は私の部屋との間の襖をあけて、蠟燭に灯をともして立っていた。

「まるで僕を監視しているようじゃないか」私は怒り声でいった。さっき寝るとき、

「こんな夜は罪悪的だ」といった言葉が思いだされた。あの言葉は、きっと私が下の部屋の闇の中に、まつ子と二人きりでいたことを言ったのであろうと気がつくと、腹が立ってきた。

「カンシ？　カンシなどするものですか。カンシされてるのは僕だ。僕は眠れないから君ともっと話したかっただけです」

「僕は君を監視しようなんとか思ったことはない。ばかばかしいことは言わないでくれたまえ」私はしかたなく高を部屋に入れて、蠟燭を立て、火鉢を掻きおこし、ウイスキの壜を取りだし、伯父が分けてくれたオリーブの塩漬けを出した。「さあ、いくらでも飲もう。君を監視するほどなら、酒でも飲んでる方がいい。君もそんなばかな妄想を起さないで飲みたまえ」

「モウソウ！　なるほど、それはいい言葉だ。だが、さっき監視されてるといったのは、君が僕をそうしているといったのじゃありませんよ。僕は、人間全体から監視されているような気がするといったのだよ」

「なんのことだか分りはしない。夜も眠れないほどのことはどこにもないじゃないか。雪もやんだし」

「僕は内地にきてから、よく眠った夜なんかない」

「おおげさなことをいうのが君の悪い癖だ」

「こんなことがある」高はウイスキを飲みほしながらはなした。「今から四年前に、僕は初めて朝鮮海峡を渡って下関《しものせき》についた。なんという美しい土地だろうと思った。それに学問をしにきたのだと思うと、僕はうれしくなってしまって、連絡船の甲板《かんぱん》からあの蒼々とした海の色と松の色と海岸の家々を眺めたよ。するといっしょにつれてきている先輩は、僕のうれしそうな顔をみて、皮肉な顔をしていた。二人はその夜、急行列車に乗って東京に向った。満員でどこにも坐るところなんかありはしない。しかたなしに、僕たちは座席の間の通路に新聞紙を敷いて坐った。夜になると睡《ねむ》くなってくる。僕は体を曲げてねむろうとする。うとうとする。すると、誰かが便所に通ってきて、僕の肩を蹴るようにして跨《また》いでゆく。それがまた帰ってゆくと、僕はまた眠ろうとする。うとうとする。また、誰かが、僕の腹を危く踏むところだった。——何度眠ろうとしたところで同じだ。とうとう僕たちは一睡もしないで東京にきた。それから今まで結局同じ夜がつづいているのだ。いや、これは僕たちの民族の姿なんだ。と僕はその時、新聞紙の上にあぐらをかきながら考えた。そして先輩に話すと、《なるほど、うまいところに気がついた》とまた皮肉に笑った」

「君たちの運命？　汽車で眠れないということが、どうしてそんなことになるのだろう」

「僕はその時、先輩にこういったのさ。——僕たちはいま汽車の通路に坐っている。落ちつこうとすると誰かが踏み越えてやってくる。ところが、この通路がつまり朝鮮半島だ。大陸と太平洋とのあいだに細長く突きだした通路、これが朝鮮半島だ。その半島で、僕たちの祖先は、何千年の間、これと同じ目に逢った。落ちつこうとするひまなどない。漢民族が通ってきた。蒙古人《もうこじん》が北から劫掠《こうりやく》しながら通ってきた。満州族《まんしゆうぞく》がやってくる。こんどは南から日本人が、昔から何度となく北に向ってここを廊下にする。ロシア人まで廊下にしようとする。朝鮮の歴史は、要するにその廊下さ、通路さ。そんなところに住まなければならぬ民族の運命なんか、安眠も何もできるものじゃない。あの夜行列車の中の僕と同じだ」

高はこの話を一息にしたのではない。ウイスキを飲みながら、ときどき息を入れてあたりを見回したり寒そうに身を慄わしたりしながら話したのだ。話しおわるころには酔ってしまって、よろよろと歩いて隣の部屋に帰っていった。私はまた灯を消して寝床に入ったが、寒さは身に沁むようであった。もうだいぶ夜がふけていたのであろうか、それとも雪明りであろうか、雨戸の隙間には、蒼褪めた灰色の光線が微かにうるんでいた。寝床に入って体を温めているうちに、それでも酔いと疲れとから、心身が痺《しび》れてくるようになって睡気が私をとらえてきた。いま睡りに落ちこんでいっているのだなと意識している状態、——そのなかば夢の状態のなかに、まつ子の姿があらわれた。それは壁のうえのマティスの素描の版画のなかの女のように、薄く白々とした服をきて、放縦《ほうしよう》に身を草原に投げだしている。顔は若々しく上気して、眼はきらきらと輝き、半ば開いた唇があらく乱れた呼吸に小刻みにうごいている。たくさんの男たちが林の奥から出てきて、彼女を引きとらえようとする。この女は誰でも自由にすることができるんだ、と誰かが叫ぶ。男の群は多くなってゆく。その中に、私もいるらしい。真黒な髭をぼうぼうと生《は》やした嘉門もいるらしい。

雨戸は閉っているが、小窓から光が明るく射している。私は眼をさまして、「高君！」と声を立てた。どんなつもりだったか分らない。返事はなかった。すぐまた眠りに落ちた。

こんど眼が覚めてみると、光はますます明るかった。時計をみると、十時近かった。やはり、半ば無意識に、「高君！」とよんでみたが返事はなかった。それからまた少しまどろんだようだったが、その次に眼をさましたときには、私は散らばった本の間のまつ子がくれた聖書を寝床から手を伸ばして摑んで、朦朧《もうろう》とした眼で出まかせに読んでいた。そして、口では、「罪、罪悪的、罪……」などとぶつぶつ繰り返しているのだった。ふと、「汝の手、または足、なんじを躓《つまず》かせば、切り棄てよ、汝の眼なんじを躓かせば、抜きて棄てよ」というどこかの言葉が眼に入ると、私はその聖書を投げた。まつ子の肌の上を這いまわった私の眼を想いだしたからだ。

起きて雨戸を繰《く》った。真白な世界、真青な空、地と空との間に躍っている金色の光。なんという明るさ。私はその白と青と金色との世界の遠方にくっきりと浮び上っている富士山を見ながら、大きな声で笑ってみた。なんというわけではない。ただこの一夜のことが、この光の中では、遠い、薄れはてた、幾分滑稽でみじめな夢のようにしか感じられなかったからだ。

私は妙な元気をつけながら、下に降りていって朝飯の膳《ぜん》に向うと、まつ子に向って勢いよく、お早うございます、といった。彼女は妙な顔をして、私から眼をそらしていたが、「咲子が悪いものですから」といって隣の部屋に入っていってしまった。私にはそのきまり悪そうな動作がおかしいくらいだった。それから新聞をみると、ふと「雪中の火」という題が眼についた。深川区の、東亜人道協会《とうあじんどうきょうかい》経営の朝鮮人労働者のための病院が、昨夜雪の中で火を発して、その大半を焼いてしまった。雪を掘りおこすと、消えたと思う火がまた吹きだしてきたりして、雪中の消防作業がひどく困難であった。原因は漏電《ろうでん》らしい。入院中の鮮人患者には負傷が出たが、救いだされた患者が火と雪との中で哀泣《あいきゅう》するものもあり、まことに悽惨《せいさん》な光景を呈した。

「高君はどうしましたか。この新聞の病院というのは、たしかあの人が関係しているものだと思いましたが」

「ええ、朝早く、新聞を見ると、高さんはあわてておいでになりました。大変なことになったといって、よほど興奮していられました」

新聞には、この東亜人道協会というのは李《り》という医学士が、公私の社会事業団体の援助によって経営していたもので、一般の病人、モヒ患者など、その時は四十人も入っていた、と書いてあった。

「今朝、咲子の熱が高かったものですから、高さんにちょっと診てもらおうとしたんですが、高さんはそれもそこそこに出てゆかれました。今晩は遅くなるかもしれぬから、と高さんがいわれるので、しかたなしに増居さんに電話でお願いしようかと思っています」

「増居？」

「高さんをここへ連れてきた方、あなたの前に内にいらした方、いっしょに教会に行きましたでしょう」

「ああ。あの人。クリスチャンの――」

狭苦しい一家の寝室に入ってみると、驚いたことに、咲子と炬燵を距《へだ》てたところに嘉門が布団をかぶって正体もなく眠っていたのだ。時々、大きないびきをしている。

「おや、いつ帰られたのですか」

「今朝早く、雪の中をころげるようにして、それでも、変りはなかったか、といって心配そうに飛びこんできたのは感心ですけど、すぐこんなふうじゃ」とまつ子は寂しそうに笑った。

変りはなかったか、という言葉を私はちらと心にとめたが、さり気なく笑って、咲子の寝床の方を覗いてみた。透き通ったように白い顔の、頰のあたりが鮮かな紅潮をしているのは、熱の高いことを示していた。眼をとじて、薄い胸を大きく起伏させて呼吸しているのだが、私が覗きこむのを感じたのであろう、細く眼をひらいて私を見ると、微《かす》かに笑おうとした。私は、昨夜の広場の雪嵐をもう一度想いだした。咲子に手をいじらせながら、同じように覗きこんでいるまつ子の顔と私の顔とは、咲子の顔の上でひたと並ぶようになり、まつ子の髪が私の頰に触れるほどであったが、いまは二人の心は咲子という第三の一点に集中されているので、二人の間にはなんの感情の流通も存在しなかった。

ますます高まってゆく嘉門の鼾《いびき》を後にして二階に上って服に着かえた私は、これから外出するついでがあるから増居に電話をかけてあげましょうと申しでた。どこに行くあてもなかったが、その日まつ子や嘉門と顔を合わすことを少しでも避けたかった。外は雪が深く、一面に眩しく輝いて眼を刺した。近くの自動電話から増居の病院に電話をかけると、それは大変です、夕方までになんとかして行く、と親切な調子でこたえた。私はいちおうそれを帰って報告して、それからあてもなくまた出ていった。雪の深い、そのくせ二月の末の陽の光が無性に明るく蒼空から降り注いでいる街をあちこちと歩いた。人に顔をみられるのもうとましい心だったので、雪が靴の中に融けこんでびやびやとするのにも平気で街の中心の方に歩いていった。月並な感情だったけれども、真白に輝きながらやわらかく地上を蔽っている冷たい雪は、人間の情欲と悔恨とのわびしさを鎮めてくれるものであった。歩き疲れて、小公園の亭《ちん》の中にしばらく腰かけた。外套のポケットから、ゆうべ咲子がくれたチョコレイトが出たので、一つを嚙み、残りを、遊びに来て雪達磨《ゆきだるま》を造ろうとしている子供たちにやった。子供たちはチョコレイトは食ったが、食いながらけげんな顔をして私をみていたが、しだいに私の処から遠ざかっていって雪達磨をまた造りはじめた。

さすがに二月の末の午後の陽の中で、雪はいそがしく融けていった。公園の樹々の梢に円々と付着している雪は、風が吹いて梢がゆらぐたびに、蒼白い光の塊りとなって地になだれて落ちてゆく。すると枝はぴんと弾ねかえりながら、蒼空に小さな弧を描く。雪が滑り落ちる音はどういうわけであるか知らぬが、私には、胸の中に鬱積した塊りがとけてゆくように快かった。その音をききながら、霧島の家にきてからのことを考えだした。——はじめ、これはおもしろい断面図だ、観察してやれ、と思った。しかし、それはひとたまりもなく破れて、私は冷徹な観察者どころか、一家のうちに、あちらにつきこちらにつき、ばかな彌次馬《やじうま》のようである。いや、それ以上かもしれない。嘉門の悪徳と放埓《ほうらつ》と妻子虐待との扇動者であるかもしれず、一方でまつ子の惑乱と狂信とに油を注ぐようなことをしているかもしれぬ。何食わぬ顔をしながら、それがたとえ無意識ではあるにしても、両方に火をつけて楽しんでいる小悪魔に近いかもしれぬ。貧弱なイヤゴウ。――それもまあいいとしよう。いったい俺が、本能的に嘉門が好きになり、まつ子をみると揶揄《やゆ》するような意地悪い気持になるのはどうしたことだ。これは尋常な良識ではない。

雪は空に光りながら散りつづけている。私は体が石のベンチで冷えてゆくのを忘れて考えている。――ふと私は気がついた。私が嘉門を愛しまつ子を憎んでいるとすれば、それは、実在の「嘉門」でも「まつ子」でもないのだ。私の中の「嘉門」と名づくべきもの、「まつ子」と名づくべきもの、なのだ。日ごろから嘉門が私をからかうとおり、私は口では退廃を喋りながら、実際は何もしてない。私は、私の中の「肉体」の声を愛し憧れ、それが嘉門という表徴となり、私の中の禁圧の声を憎み、それがまつ子という表徴となっているのだ。つまり私の中では、「まつ子」が「嘉門」に勝っているということなのだ。これがその反対、――「嘉門」が「まつ子」を征服した生態を持つ男であったら、一も二もなく、嘉門を憎み、まつ子に同情するにちがいない。たとえば高のようなのもどうもそうらしい。なんのことだ！　この霧島の家の断面なんて、つまり俺の心の生態の断面図じゃないか！　俺は嘉門とまつ子の間に立ち回っているつもりで、じつは自分の心の中でうろつき回っていたのにすぎないじゃないか。

私は思わず、「はッはッは」と笑った。あまりその笑いが唐突《とうとつ》だったのだろう。雪達磨の鼻の穴を掘っていた子供たちがびっくりしてこちらをいっせいに振りむいて、しばらく私を眺めて動かなかった。気違いだとでも思ったのだろう。私は顔を赤くして立ちあがって、急いでその小公園を出て、通りすがりのタクシに乗った。乗ってから、咄嗟《とつさ》に、伯父の家を言った。タクシの中でも考えつづけた。――さて、俺は俺の中の肉体性「嘉門」を愛して、霊性「まつ子」を嫌っているとする。……だが、それは一皮剝ぐと、俺の中では「まつ子」が勝ち誇っている。そうそう、今朝寝床の中でバイブルを読んでいたというのはなんというざまだ。無意識？　無意識ならばなおさら惨めじゃないか。俺はもう意識下ではクリスチャンになってしまっているのか、まつ子は昨日、この雪の降るまえ、高利貸のところへ行ってひそかに貞操を売ることを勧められた。そして逃げて教会に駆けこんで祈った。これも恐れか。俺もそんなものじゃないか。……さて、まつ子がその事の次第を他人に告白したというのはどういう心理だろうか。彼女がその心の奥の方に、一点「女」としての肉性を持っている証拠なのだ。その、ふだんは幾百重《いくひやくえ》にも蔽い包まれているところの肉性の一点が、きゅうに歓喜したのだ。そして、誇らかに人に告げたのだ。いや、待て、そういうふうに解釈するのは現実の科学性というものなのか、それとも、俺の「希望」なのか。俺の希望だとすると……俺はなんという……。

伯父の家では、伯母と従妹とがいたが、突然あらわれた私をみて、あっけに取られたようであった。私は伯父の酒の棚を狙って、ベルモットを一本探しだした。従妹は活動写真に私をさそった。近所の小屋でセコンドランで南洋の画を映していた。南太平洋のサモア群島。珊瑚《さんご》礁《しよう》が透き通る透明な水の波紋。白の砂の上から光そのものの空の中に伸びた椰子《やし》。その椰子に猿のように登ってゆく裸の少年。白い波頭。魚の白い腹。独木船《まるきぶね》。密林の中の瀑壺《たきつぼ》。ヒビスカスの花を捲いたしなやかな褐色《かつしよく》の女たち。土人の唄。裸の男と女との四肢の動き。私はその二時間に何もかも忘れたように快くなってしまった。従妹は、家に帰って、サナトリウムに行っている庵原はま江のことを話したい、といったが、小屋の前で別れて、ひとりで街で飯を食って、友だちの下宿を訪ねたが留守だった。真黒な空に星が一面に光っていて、空気は冷えきっている夜更けを、私はまた帰るよりほかなかった。

咲子の枕元にはまつ子が坐っていた。輝雄は眠っていた。咲子の額に氷嚢《ひようのう》が置かれ、相変らず苦しそうに呼吸していたが、暗い電灯のためであろうか、頰の紅潮は少し引いたようであった。増居は夕方きて、親切にみてくれて、肺炎のおそれがあるといって帰ったそうだ。

「ゆうべのことは、どうか嘉門にはおっしゃらないでくださいまし」

私は狼狽してまつ子の顔をみた。

「あのわたくしが咲子をあの雪の中を使いに出したということです。それをきくとまたどんなに荒れ狂うかもしれませんから。——ほんとうに私が悪いのです。罪深いことをしました。なんといっていいかわからぬほど罪深いことを。——それから——昨日お話したこと全部をおっしゃらないで」

まつ子はそういうと顔を赤らめ眼から涙を出した。私は、そんなに悲しむ必要はない、それに、ゆうべのことなどけっして言わないからと誓った。それから嘉門はどうしたか、ときいた。

容体を増居に知らせるために電話をかけに行った、とまつ子がいっているところに、彼は巨大な外套をきたまま帰ってきた。まつ子は、ごまかすように、「ああ、速達がきています」といって封書の速達を私に渡した。裏に名はなかったが、破ってみると、高からであった。——君も新聞で見たかもしれぬが、昨夜病院で大変なことが起って、忙しくて今夜は帰れない。火事の後始末、患者の処置などでこの二三日帰れないかもしれぬ。いや、ひょっとすると仕事の都合上、霧島家から出てゆくことになるかもしれぬ。二三日中に雪がとけたら、使いの者をやって荷物をこちらに引き上げるかもしれぬから、そのように君から主人なり奥さんなりにいってくれ。——だいたいそのような手紙だった。

「ふふん。出てゆくか、それもよいだろう」と嘉門はそれをきくと団子鼻《だんごばな》をしゃくるようにしていった。「うん、それから今日、増居君がきましたよ。親切に診てくれましたよ。僕がね、どうですか、新婚の奥さんと賛美歌をうたいながらキッスでもしていますかと心易《こころやす》だてにいったら、ぷんと怒った顔をして行った。それでいま電話で謝まってきたところです」といいながら、咲子のために買ってきたエキホスや湿布の油紙などを懐から取りだした。

まつ子は、片手で、眠っている咲子の氷嚢がずり落ちるのをときどき直しながら、真紅なスウエタを編んでいた。「これを増居さんの奥さんにつくってあげようと思って」といった。増居へのお礼の代りにするのであろうと、私は思った。嘉門は私の肘《ひじ》をつついて室の外に誘いだして、小声で、腹がすいたから、これからいっしょにおでん屋にでも行かないか、とさそって、その外套を脱いで畳む真似をした。私は、少し金がある、その外套は、この際何かの用に立てることもあろうから、といった。私と嘉門とは、それから雪を踏んでおでん屋や屋台店を歩きまわった。彼は、そんな店に入ると、外套をわざと裏返しして、その貂《てん》の毛皮を、まるで愛犬の背でも撫でるようになでまわしながら、臓物、焼鳥、焼豚、など、すべて脂っこく動物的なものを、店の者が驚くほど多量に、すばらしい速度で食うのであった。嘉門の胃袋にはそうした脂っこい食物が無限に入る余地があるようであった。酒と脂とが体にしみこんでくると、彼は泣きだした。咲子が可哀想だ、というのだ。あんな綺麗な、あんないじらしい子、もっと大きければ、僕はどうしても君に可愛がってもらいたいのだ。だが、あの子は死ぬんだろうか、といって、泣き声をたてるのだった。そうするとあたりの客が驚くので、私は彼を連れだして他の店にゆくのだが、そこでも同じようなことが繰り返された。私たちが帰ったのは十二時に近かった。雪の中で二人は肩を組んで歩いたのだが、私は、「それほどなら、どうして奥さんが好きになれないのですか」ときいてみた。すると彼は、大きな声を爆発させた。

「僕は家内が好きです」

そのとき、この前に嘉門が泣き喚いた広場、――ゆうべ私が咲子を救った広場にきた。風はこの前にもまして冷たく、一面に灰白色な地上を吹きまくっていて、そのあたりは雪もことさら深く、膝まで沈むほどだった。嘉門が腰掛けた石材も雪に埋れていた。きゅうにそのとき、私は嘉門を振りきって、こんどは自分がそこにのたうち回って泣き叫びたい衝動に襲われた。

それは複雑なきもちであった、しかし、私の肉体は嘉門のそれのように、本能を率直に表現する慣習をとくに失っている。私はそのことを意識すると、なおさら平静な態度であるきながら、「あなたは幸福な人ですね」とさりげなくいった。

第七章

「どうしたって、地球が一年一年と冷えてゆくんだから」と嘉門はあるときいった。二月が末に近づいて、空はたまに暖かな色にうるんで光り、よごれたまま地の上に消え残っている雪をじりじりと融かそうとするのだが、またたちまち、灰色の雲が空にぎっしりと押しひしめき、風がはげしく鳴り、真白な雪は地の上をま新しくつつんでしまうのだった。この霧島家のある斜面は、二つの丘の間に、西北に向ってひらけていたので、遠い野の方から低地の屋根並みのうえを銜《は》ってくる寒風が、たえず吹き当ってきては、丘地の間で複雑な気流をつくってうずまいた。雪も、このあたりにはことに深く散りたまるように思われた。この冷たさの中で、咲子の体はながいあいだ死と戦いつづけていた。肺炎の症状はもはや生命にはかかわらないところまで癒りかけていたが、回復の精気はいつまで待っても見えてこなかった。冬も病いも固着してしまったと思われた。

まつ子は、咲子をこんなことにしたのは自分だという考えを、すこしの間も忘れることができないらしかった。仕事をほとんど捨てて、一日おきに診にくる増居の指図のままに看病していた。しかし、そのまつ子が、見たところはどこまでも落ちついているのに引きかえて、大人《おとな》気《げ》なくさわぎたてて心配していたのは嘉門であった。輝雄も悪戯をしなかった。と、いうより、これは皆が咲子の病いの方に気をとられて、彼のことには気づかなかったから、そうみえたのかもしれない。

血の気もなく痩せて蒼白になってしまったこの少女の体のうちで、黒く光る眼が日々に大きくなり、頬は時をおいて鮮紅色に燃えた。しかし、何よりも皆をおどろかせたのは、その耳が鋭敏になったことである。狭い部屋の中に仰向いて寝たまま、ときどき細い声でこんなことを言った。

——また雪がふりだしてきたのね。さっきさらさら粉雪が落ちていたと思っていたら、もう牡丹雪《ぼたんゆき》になったわ。

——丘の上でピアノが鳴りだしたわ。きっとあの白い石垣の家のお嬢さんのだわ。

——犬が啼いてる。坂の下のお豆腐屋の辺かしら。なんだか黄色い犬みたいな啼き声ね。

——霧が降ってきた。深い霧だわ。欅の樹の枝にひっかかってざあざあ鳴ってる。

——丘の向うの小学校の庭かしら。子供がいま「わあ」と笑った。

——さっき欅の樹のてっぺんでたしかなんだか鳥が啼いたわ。春がくるのかしら。

不断から眼につくほど美しい耳——繊細な円味をもって、薄い桃色に半ば透きとおった耳は、こんな時、生きもののように見えるのであった。このような言葉をきくと、みなは不安そうに耳を傾けるのだが、部屋の中の鉄瓶《てつびん》のたぎる音のほか、何もきこえはしないのであった。幻聴かというとそうではなかった。「霧が降った」といった夕方は、ちょうど私もいあわしたが、あわてて二階に上って窓を開けてみると、ほんとうにいつのまにか、真白な夜霧が欅の梢を流れて、さっきまで輝いていた星を隠していた。このような場合、嘉門がいたとすると、彼は、「さあちゃん、さあちゃん、だいじょうぶか」と喚きながら耳をすりよせるのであった。まつ子だとすると、苦しそうに、額に汗をうかべるばかりにして、壁にあるキリスト磔刑《たっけい》の石版画に向って祈るのだったが、その祈りほど不安定なものはない。咲子の生命を助けてくれといっているのかと思うと、「天使の羽搏《はばた》きもきこえるほどになった」咲子を、神は召していられるのですか、というようなことを言った。しかし、咲子はよくもならず、悪くもならず、いつまでも同じような状態をつづけていた。壁の磔刑図は、肋骨《ろっこつ》のあたりに真紅な血が流れているものだったが、いつか咲子がいやだ、といったので除《の》けられた。

高の消息はその後絶えていた。病院の火事の後、神田《かんだ》の朝鮮基督《キリスト》教青年館からだといって、使いの者が荷物をとりにきた。すこし宿料の残りがあったらしく、医学書を数部、そのかたに残しておくということと、いまのところ、火事の後の哀れな同胞のために働くので、どうするひまもない、ということとを書いたまつ子宛になった手紙をつけてきた。まつ子はその本も荷車に載せようとしたが、朝鮮人の使者は頑固に首を振って玄関に置いていった。後から嘉門が帰ってくると、まつ子の反対を押して、すぐに処分するのだといって、私に値踏《ねぶ》みをさせた。私には見当がつくわけもなかったが、しかたなく、そのドイツの解剖学や、薬物学の本の頁《ページ》を形式的にぱらぱらと繰って、いい加減な推量の値をいった。そのとき、繰った頁の中から一枚の紙片が落ちたが、嘉門に気づかれぬようにそっと拾って、後からみると、「美しき夫人《シエーネ・フラウ》」、「気高き夫人《グネーディゲ・フラウ》」、「悪魔《トイフエル》」、などというような字が、一面に拙《つた》なく書きちらしてあったが、それは誰のことを指しているのか私にはわかるような気がした。

まもなく嘉門は息を切らして帰ってきた。階下のまつ子のところで、得意気に大声でしゃべって金を置いているのがきこえたが、すぐ私のいる二階に上ってきて、袂《たもと》から五十銭玉を二枚つまみだして、眼を細くしながら弄んでいた。私の想像したよりも高く売れたが、それを皆まつ子に渡した、といって善行を褒《ほ》めてもらいたい子供のような顔を私に向けた。私はその髯面《ひげづら》と、掌《てのひら》の五十銭玉とを見くらべながら、吹きだしたくなるのをこらえていった。

「でも、その一円はどういうんです。それだけ上前《うわまえ》をはねたんじゃ、せっかくの心がけが台なしじゃありませんか」

「いや、これはちがう。僕はよっぽど、皆もって、そのままどこか行ってやろうと思ったんだが、さすがに咲子がかわいそうで、ずいぶん辛抱して、そんな料簡《りょうけん》を起したこの頭を、人通りのなかで拳骨で殴ったりまでして皆もって帰って、家内に渡したんですよ。褒めてくれなきゃ困るよ。君」

「それなら、その五十銭玉も奥さんに渡さなくちゃ。そうして、あらためて、もらったらどうです」

「いや、これはね、けっして不正な金じゃないんだ。これは僕が古本屋の親爺を最後に大きな声で怒鳴りつけて、こういう工合に腕を突きだして、もう一両負けろ！といったんで、親爺があわてて財布から出したものですよ。だから、当然僕のものです。良心にやましくない金です。シーザーのものはシーザーに、っていうことがある。僕のものは僕に、わはははは」

しかし、嘉門はきゅうに首をかしげて、思案顔をした。しばらくして、唸るような声で、

「いま思いだしたよ。聖書はなかなか味の深いことを書いてある」といって、また、考えこんでいたが、ふと立って下に飛び降りた。すると、彼の怒声とまつ子の悲鳴とがほとんど同時にきこえた。しかし、さすがに咲子の枕元であったのだろう、また静まったが、きっと一円を返しに行ったのだろう、と思った私には不審でならなかった。そのうち嘉門は上ってきて、力なく五十銭玉を掌から畳の上に落した。

「どうしたんですか。返さなかったんですか」

「いや、僕はさっき、聖書で思いだしたんだ。《放蕩息子》の話を。けちけち一円なんか稼ぐのは兄の方みたいでとても神様は軽蔑されるんだ。弟みたいに全部つかいこんでしまった方が、さっぱりして神様のお気に召すんだ。君も知ってるでしょう。あの話を僕はさっき考えてみたんだ。すると、帰りかけの道でみた綺麗な女なんかがぼうと頭に出てきたんです。で、下に降

りて、俺が全部あずかる、って申しこんだが、やっぱり悪いような気がしたんです」といって、力なく畳の上の銭をひろって、私もさそわないで、家を出ていった。

高の本を売って得た金は、その宿料の半分にもならなかったことは、あとでまつ子からきいた。何日経っても、高の音沙汰はなかった。ある日、まつ子は、私の部屋にきて、私が高のその後の動静を知っているかどうか、とたずねた。

「こんなこと、高さんも火事の後で献身的に働いていらっしゃるのだから、申したくはないのですが、私の方も、子供の病気と、私の仕事が捗《はかど》らぬのとで、苦しいものですから」といった。私も高のことは少しも知らぬ、というほかなかった。「だが、増居さんは、高君をつれてきたんでしょう。あの人に相談されたらどうですか」と私はこたえた。

「ええ、増居さんにも相談したのですけれど、じつはあの方も何も御存じないのです。ただ一度、高さんの先輩の医学士にあって、感心な青年だから、といわれて高さんを連れてこられただけのことだそうです。そして、一二度その先輩を探してくださったのだそうですけれど、その人がもうどこにいるか分らないんだそうです」

「じゃ、僕が、明日にでも、とにかくその神田の青年館とかに行ってしらべてみます」

「いいえ、それまでお頼みしては――」

「いや、僕も高の顔を見たくなったんです」

「じゃ、こうしてくださいますか。明日、私がお伴《とも》してゆきますから、連れていってくださいませんか。咲子もだいじょうぶのようですし、隣の奥さんに一日留守をお頼みしておきますから。——しかし、このことは、嘉門にはだまっておいてくださいませんか。じつは嘉門に怒られるといけないと思って、高さんに私がお立替えした金目を本当より少くいっているんです」——私はそれから翌る日まで、何か楽しみごとを待ちもうけているような気持になっていたのである。

嘉門は朝のうち勤めに出た。昼ごろ、留守を隣の細君にたのんで、私とまつ子とは、高を探しに出ることにした。咲子の病気はこの二三日非常に軽くなっていたので、心のこりはなかった。出るまえに、まつ子は戸棚の奥の、古い長持の底から風呂敷包《ふろしきづつ》みを出していたが、ひどく蒼ずんだ昔風のお召の着物と、黒い小紋縮緬《こもんちりめん》の羽織とをきて出てきた。

「これはみな母にもらったもので、これだけ売り残しているのです」とまつ子はいった。外は曇っていて、冷たい風が強く吹いていた。一昔前の風俗をして、伏目がちに、すこし離れて、寒風の中を裾をおさえながら、屋敷町の垣根にそって歩いてくる彼女をみていると、私も、古い明治時代の東京を歩いている人物かなどのように思われてくるのだったが、私はといえば、学校の制服制帽をつけていたのだから、この二人の取り合わせは、よほど奇妙なものだったにちがいなく、道で逢う人はみな私たち二人を見くらべた。坂を降りてひろった車の中では、向う側にぴたりと身をつけて、私とできるだけ間隔をおき、眼をしじゅう窓から外にむけていた。

ある屋敷町の角の大きな門のところを曲がったとき、ここがあの夜話した、彼女に悪いことを誘った高利貸の家だ、といった。それからも、どこで見つけたのか一度彼女のところへ手紙をよこしたが、彼女はそれを開きもしないで燃やし、すぐ教会にかけつけて祈禱《きとう》したという。

鮮人基督《キリスト》教青年館の扉をあけると、受付のところに四十がらみの色の黒い男がいて、小窓から私を警戒するようにのぞき、扉の陰に立っているまつ子の姿と私とをしきりに見比べた。そのうえ、玄関の半ば開いたドアの間から見えるホールで、拳闘の練習をしているらしいシャツ一枚の男が二三人、ときどき顔をのぞけて、私たちを指さし、何かひそひそ話しあうのであった。高がここにいるだろうか、と私が表情と声とを硬《こわ》ばらせてきくと、そんな人は知らない、と受付はこたえた。知らぬはずはない、いまいなくてもいたことがあるだろう、と重ねてきいたが、いや、いちいち東京にいる朝鮮人を知っていることはできぬ、と答えた。それでは調べてくれ、という私の言葉について、まつ子も丁寧に高の居所をきこうとするのだが、受付はどこまでも無表情で、知らぬ知らぬ、と答えるばかりだった。傍にまつ子がいることが、私の気持をしきりに昂《たか》ぶらせいらだたせるのだった。

「隠さなくてもいいだろう。高君のいるところを調べてくれたまえ。いや、ここにいるんだろう、隠したって」

「かくしはしない」無表情な受付は、小窓を閉めようとした。

「かくすなら、警察にでも頼む」私は声をあらくした。

受付はやはり黙って窓を閉じ、ゆっくりとバットを吸いだした。私は窓を叩いた。すると、ホールで拳闘の練習をしていた三人の青年がドアの間から覗いて、甲高い朝鮮語で受付と話していたが、私とまつ子とを見比べながら、グラブをはめた手を伸ばしてしきりにこちらを指差した。三人とも、真黒なひしゃげたような顔をして、頭髪を油でぴったりと分け、眼が鋭く光っていた。アンダーシャツからはみだした肩と腕とには盛り上った筋肉が汗に輝いていた。私は、退《の》くこともならずに、彼らとしばらく睨みあったまま、立っていたが、まつ子は私の小脇をつついて、「帰りましょう」といって私をむりに外へつれだした。

外に出ると、私は悲しく不快になって黙ってしまった。まつ子はしきりにすまないすまない、といって詫びた。私は通りすがりの花屋の飾窓をみると、夢中に飛びこんで紅と白との薔薇を買って、これを「お土産にしましょう」といった。まつ子は、私の衝動を測りかねていたが、だまってそれを受けとった。私は何かでこの不快な気持を紛らさずにはいられなかったのだ。

それから、第二の目当て、——深川の先の、日本人経営ではあるが無産階級のためといわれる基督教関係の施療病院に行ってみることにした。高がときどき、その病院を経営しているある社会運動家の名を話したことがあったからだ。車の中で、私はやや落ちつきを取り戻したが、今度は高のことが、いまいましく思われてきた。

「僕にはどうも高という男が怪しいと思えますよ。高がそもそも曖昧なところのある人物だ」

まつ子は、きゅうに振り向いて、反対した。「いいえ、そんなことはございません。あの方を私は信じます。あんなに熱心に教会にもお通いになりました。私は信じます」

車は深川の市街地を離れて、低湿な土地を走っていた。道の両側には、まばらに低い長屋がつづき、空地というのはたいていは枯れた蒲《がま》が一面に生えていて、その根元には、真黒などろどろの腐水が気泡《きほう》を立てながら澱《よど》んでいた。長屋の床までその黒ずんだ水にしめっていた。道は凸凹がはげしく、ところどころには穴が開いていて、車ははげしく前後左右にゆれ、車内の私たちは頭といわず体といわず、たえず車体に打ちつけた。まつ子は隅にしがみつくようにして蒼ざめていた。栄養不良らしい子供たちが両側から出てきて、危険も知らないように、この自動車を囃《はや》したてた。子供たちの中には朝鮮人の子供が多くまじっていた。

こうした街の外れの病院に行っても、高のところは分らなかったが、こんどは親切らしい看護婦長が、――高は昔ときどきここにきて手助けしたことがあるが、このごろいっさい交渉はない、ことに、あの「人道病院」の火災からはその行動が不明だ、しかし、ことによると、そこで焼け出されたモヒ中毒患者だけを、洲崎の先に収容しているというから、そこに行けば分るかもしれない、と教えてくれた。まつ子はお礼に薔薇を半分置いてから、もういいから帰ろうというのだったが、ここまできたからには、行くところまで行こうと、私は言い張った。高の正体を突きとめたいという感情が強くなっていた私は、もう疲れていたまつ子を引きずるようにして、洲崎の原ッぱの真ん中まできた。運転手は約束の時間があるからもう帰らせてくれ、といって、そこで私たちをおろしてしまった。私たちを怪しいものとでも思ったのであろう。

それで、ひろびろとした洲崎の埋立地の一本道を、はるかな枯草の連りの向うにみえる低い小屋の群《むらが》りのいくつかをたずねまわって歩かなければならなかった。空は灰色に、この荒涼とした枯草の原のうえに垂れていて、海の方からのはげしい風が、ときどき枯草を鳴らし、砂塵《さじん》を捲き上げて、ごうごうと通りすぎた。ところどころ枯草の根元には汚れた雪が斑に残っていた。私たちは、そのたびに、眼をとじて、人気もない原の中に、ただ二人だけ寄りそって立ちすくんだ。体の底まで冷却するようであった。あまり風が強いときには、まつ子は私の腕をとらえて縋《すが》った。真蒼《まつさお》な顔には生気はなかった。油気のない髪が風にみだれて、私の頬を、風よりも冷たく撫でた。こうしていくども立ちどまりながら、いくつかの掘割の上の危げな橋をわたり、海の方へ海の方へと何十分も歩いてゆくうち、一度、灰色の雲がすこし切れて、鈍い光が枯野の一部にこぼれ、海と思われる方が銀色に光ったか、と思われたが、一瞬の後に、また暗く寒くなった。ようやく、逆浪《さかなみ》の立った黒い水の掘割の向うの、堤防道の陰に、一ところ寄りかたまった掘立小屋の群がみえた。みな屋根の片方を堤防に凭《もた》せかけた穴居のようなものであった。掘割の橋を渡るとき、また烈風がきて、水に落ちるかと思われるほどだったが、ようやく堤防の上までくると、下の小屋から朝鮮人の男女の顔がいくつものぞいていた。その真ん中の大きな亜鉛《トタン》屋根に、拙《まず》い黒ペンキの字で「人道会」とかいてあった。堤の斜面の枯草のうえを、まつ子を小脇にかかえるようにして降りて、その入口に立つと、土間には五十がらみの髭の生えた老人が、鼠色《ねずみいろ》に汚れた朝鮮服をきて、ぼんやりと煙草を吸っていたが、ここでも警戒するような表情をして、身構えをするのだった。この男は、日本語がほとんどわからなかった。暗い土間の隅に燻《くすぶ》る煙のなかで、大きな桶《おけ》の中で何かの団子をつくっている腹の大きい女を呼んでみても、女も言葉がわからないらしく、ふりむきもしなかった。悪臭があたりに漂っていた。ようやく、仕切りの向うから、労働者の服装をした青年が出てきた。仕切りが開いた瞬間に、暗い向うの部屋に、真黒な物の影が重なりあっているのがみえたが、それが患者たちだったのだろう。

青年は、「ボクも高を訪ねてきたのですが、高はここでも分らない」といったが、その顔は嘘をついているのではないようだった。というよりも、もはや私たちには押し返す勇気はなくなっていた。彼もいっしょに外に出たが、近径《ちかみち》を知っているらしく、私たちがきた道とはちがった方向に、風呂敷包を持って、何間も先に立ってすたすたと歩いた。帰りみちは、海からの風が背中に当るので、いっそう寒さが身に沁みた。それでもいつのまにか私たちは越中島《えっちゅうじま》のあたりまできた。白い清潔な建物があった。屋根のうえに、帆柱がみえる。商船学校だ。門の前を通るとき、庭を隊をつくって走っている、白ジャケツの若者の群がみえた。健康に、いきいきとして彼らは輝いていて、彼らのまわりばかりには、まるで暖かな明るい太陽の光が落ちているようであった。帆柱は、学校の船渠《ドック》に入っている練習船だった。

その時まで、寄り添って歩いていたまつ子は、きゅうに私から少し離れたと思うと、あらためて私の顔をのぞきこむようにして囁いた。

「ああ、海。このまま、遠い海のむこうにでも行ったらどんなにいいでしょう」その声が、きき馴れぬほど若々しい響をもっていたので、私が驚いて振りむいてみると、彼女の顔に、瞬間微かな血の色がのぼってきた。と思う間もなく、消えた。その顔に、もはや何を追い求めることもできなかった私は、しばらく立ちどまって、若者の影と、灰色の空に聳えている帆柱とをみつめながら、自分にも、海に憧れた少年のころがあったことを思いだした。何日かまえに従妹とみたサモアの島の映画の、濃い明るい日光、緑色の樹木、珊瑚礁に砕ける真白な濤《なみ》、褐色の肌の女、花々、そういう夢のようなものに、あの二本の黒ずんだ帆柱がつながっているのだ。

「ボクはそこの停留場で電車にのるから」と青年がうながしたので、橋を渡って、街の中に入った。この場末の市街が、じつに久しぶりに帰ってきた都会のようににぎやかに思われた。停留場の傍で、向う側を流してきた車を呼ぼうとする刹那《せつな》に、一台のトラックが大きな音を立てて私たちとすれすれに走った。と、私の傍に立って、それを避けたはずのまつ子の体が、力なく、折れるように沈み、地面に折り重なって、口から何か吐いていた。電車に乗ろうとした青年もかえってきて、私といっしょに助けおこしたが、まつ子は眼をとじて、口を食いしばったまま、気を喪ってしまっていた。真白な額には汗がぎらぎらと浮び、その体は重たい泥のように弾力なく崩折《くずお》れてゆくのだった。私と青年とは両方からその体を支えて、やっと道を横切って、「歓楽」という看板の出た一軒のカフェをみつけて中に入ろうとした。彼女ははじめて眼をひらいて、もうだいじょうぶだ、といって手足をばたばた動かそうとしたが、また力を喪ってそのままぐったりとなった。汚れた濃緑の衝立《ついたて》の中は狭く薄暗く、低い天井からは煤《すす》けた紅葉の造花と提灯とがぶら下っていて、他に客もなかった。隅の椅子に凭れて、股火鉢《またひばち》をしながら何かを噛んで口を鳴らしていた女が二人立ち上って、愛嬌声を立ててきたが、この異様な客をみると、そのうち、のびほうけた断髪をした円顔の若い方の女は、また元の席にかえってしまった。白粉《おしろい》焼けのした細長い顔の年増女《としまおんな》の方は、それでも近づいてきて、隅の長椅子にまつ子を横たえる私たちの手伝いをしてくれた。私が葡萄酒《ぶどうしゅ》をとってまつ子の口に注ぐと、不安気な眼をひらいたまつ子は、しきりに「だいじょうぶ、だいじょうぶ」といって体を起そうとしたがまだ力はなかった。口では何か祈りでもいうつもりであろう、低いききとれぬ文句をくりかえしていた。

「帯をひろげなくちゃだめよ、兄さん」と年増女はいったが、まつ子の胸のあたりに蹲んでぐずぐずしている私をみると、「じれったいね。あたしがしてあげるよ」といって、かいがいしくまつ子の帯を解いて介抱しながら、「ずいぶん冷えてるわね、水みたいな体よ」といった。私は離れたところに立って所在なくそれをみつめていたのだが、薄暗がりの中に、まつ子の胸が、ほとんど乳房のあたりまで、匂うように白く浮きだし、年増女が身をゆすぶるたびに、かすかに波うつのを、しびれるような心で盗み見ていたのである。何か恐ろしい、夢にうなされているような心であった。

「あんた方何か食べない。あたしに珈琲奢ってよ」と円顔の女が私の横にきて坐った。私は、青年の分と四つ珈琲をいった。青年は珈琲をのむと、「ポク急ぐところがあるから失敬する」といって出ていった。女は、私によりそってきて、「あのひと、兄さんのなにさ、兄さんのれこなの、はじめあたし、てっきり心中でもしそこねたのかと思ったわよ。まっ昼間《ひるま》から、心中でもあるまいし、びっくりさせるもんじゃなくてよ。兄さん、お菓子奢ってよ」といった。その女が菓子を食っているあいだに、まつ子はすっかり元気になって、起き上ってきたので、私たちは礼をいって、外に出ようとした。若い方の女は、残った薔薇をくれとせがみ、入口で私の耳に、「こんどひとりできてね」といって、そっと後から手をまわして私の手を握った。その手はざらざらとしていた。

街角まできて車を待っていると、角の交番の前で人だかりしていたが、来た車にのって動きだしたとき、なんの気なくみると、人だかりの中から、二人の警官に小脇を取られた男が出てきた。さっきまで私たちといっしょにいた鮮人の青年だったが、もうそのとき、私たちの車は遠く離れて、賑やかな電車通りに入っていた。

「なんでしょう、いったい。まあおそろしい」

「さあ」

「共産党とか、そういうものなんでしょうか」

「きっとそうでしょう」

「……すると、高さんも、そうしたことにでも関係があるんでしょうか。それで行方が知れなくなったんでしょうか」

「そうかもしれませんね。だが高君はそうとも限りませんでしょう」

「いまの方はいい人のようでしたね。なんだか気の毒になります。信じた道のためでしょうけれど、でも、神というものを認めないような道のために、どんなにいい人が命をかけて進まれても、ただ恐ろしいことが待ってるばかりでないでしょうか。高さんのことも心配になりました」

街はもう日暮れに近く、山手に帰ったころには、灯火がともりかけていた。

「私はもう高さんを追ったりいたしません。お金など、どうでもいいことなんですわ。かるはずみなことをしたと思っていますわ」

私は冬の日暮れの灯をみながら、「なんというむだな一日」となんの意味ということなく、口につぶやいた。

家に帰ってみると、咲子はすやすやと快よげに眠っていたが、隣の細君と輝雄とは待ちくたびれていて、輝雄は、どうしたんだ、どうしたんだ、といってまつ子に食ってかかりながら、甘えついてしばらく離さなかった。

夜、子供たちが眠ってから、まつ子は茶が入ったからといって、私を下によんで、あらためてお礼をいって、それから、眼を伏せながら、次のようなことをいった。「……私はもう執念深く金のために人を追うようなことをやめようと思いました。それから、私があの時卒倒しましたのも、何かの戒《いまし》めであったとわかりました。ほんとうをいいますと、あのとき、私はずっと海へでも逃げるようなたわいないことを思いつづけていたのです。こんな苦しい、暗い世の中から、海にでも逃げていったらどんなにいいだろうと、子供のようにたわいないといえばいえますが、ほんとうに捨てばちな恐ろしい心になっていたのでした。するとそのとき、きゅうに、あの小屋の戸の隙間からみた患者のことが思いだされました。あれをみたそのときは、ただ恐ろしいぞっとするようなものだ、という厭な感じしかなかったのですが、思いだしてみると、そんな感じ方は私の信仰が足りなかった証拠だと思いました。あの人たちも人間だ、気の毒な人だ、と思いなおしますと、ふと、うちの嘉門も、ああいう恐ろしい地獄に、いまにも堕ちそうな人だ、と思われてきました。堕ちたらいい、などといっては私の心が低いのです。私は、神様にお縋りして、この嘉門を、その淵から救うために、私の一生を捧《ささ》げなければならない。それだのに、遠い海にでも逃げようなどと、なんという浅墓《あさはか》な身勝手な心をおこしたのか、と思ったとき、自分の恐ろしさにぞっとして、あんなふうに気を喪ってしまいました」

「そんなに考えられるのですか。しかし、あのときは、あなたの体がもう疲れてしまっていたからですよ。車には弱いようだし」

「ええ、車には弱いのですし、それにゆうべほとんど眠らずに編み物をしました。しかし、それだけで倒れたのではありません。やっぱり、心が崩れたからたおれたのです」といって、増居の妻に贈る真紅なスウエタを編みだした。

第八章

それから数日、私はまつ子とも嘉門ともなるべく顔をあわさないようにして暮していたが、二人の方では別に私に対して変った素振りもみせなかった。それどころでなく、嘉門はそのころからひどくおとなしくにこやかになって、まつ子や子供たちに当り散らすこともすくなくなっていた。咲子の病が一家に平和をみちびき入れる機縁になった、とさえ見えるのであった。嘉門は私にもいっそう親しみ深くなってきて、顔を合わすたびに、英語を教えてくれとせがんだ。私がいい加減にあしらっていると、本式に習おうということは諦めたらしいが、そのかわりしじゅう単語をきいた。「花」はなんというか、「お嬢さん」は、「美しい」は、「白い」は、「晩飯」は、「逢う」は、「散歩」は、――というふうに日本語からきくこともあり、「ボイ・フレンド」とはなんのことか、「スクリーン」は、「デイト」は、「アイム・ソリ」は、――というふうに英語からきくこともあった。それから、映画俳優の名などをうろおぼえてきて、それはどんな俳優かときくこともあり、シュバートとか、モッツアルトとかいう名をきくこともあった。無精髭《ぶしよう》をのばすことも少くなったし、今までまつ子に隠れて時々安い娼婦《しようふ》を買いに行っていた癖も少くなった。この奇怪な変化がどうして起ったのか、私には、しばらくは見当もつかなかったが、嘉門はとうてい「秘密」というものを持ちつづけることができる人間ではなかった。まもなく、自分にはハイカラな恋人ができそうなのだ、とうれしそうにはなした。しかし、どういう女だ、とまでは告白しなかったが、帰ってくるたびに、今日は、彼女が自分に笑ってくれたとか、今日は、あなた強そうね、といってくれた、とかいった。——とうとうある時に、うれしさを包みきれなくなって私に打ち明けた。私の部屋で葡萄酒をなめながら、「今日、いっしょに活動をみにゆこうか、といってやったら、ええ、そのうちに、といったんです」といって溜息をもらして興奮しながら、その女のことをくわしくはなした。

それは、彼の役所に新しくきたタイピストであった。気のきいた洋服をきて、円顔で浅黒くて体がしなやかで、眼が大きくて、はじめから嘉門は好きになってしまった。「K子、ということにしときましょう」と嘉門は得意らしくKの字を発音した。K子は嘉門と関係の多い課に入ってきたのだが、K子の方でも、なぜか彼に親しそうにしてくれたので、ときどき話をするようになった。はじめは、「伯父さん」と彼を呼んでいたが、ある日嘉門が、自分はかつて百万円のブルジョアであったというと、それからは他の者とは違った眼でみてくれるようになり、「霧島さん」といってくれるようになった。しかし、そのうちにK子の美貌に眼をつけるものがあらわれたが、中にも臨時に出入りしている法学士が、K子を誘惑しはじめたので、今では、嘉門は、K子と親しくなることより、その法学士の手から女を守ることであった。いったいK子の父というのがいけないもので、自分ではならずもので、K子の母親を追いだして、違った女を家に入れ、娘を食い物にしようとばかり考えているのだ、ということを嘉門は彼女からきいていた。K子の父はいままでにも何度となく、彼女に男を誘惑させようとすらさせた。今度の法学士にしても、K子の父からみればいい鴨《かも》にしかすぎないだろうから、彼女の貞操はじつに危いのだから、それを自分が一生懸命に庇《かば》っている、といった。

「じつに極悪非道の父親です」と嘉門は睨むような表情をした。私は、彼が、自分はどんなに、父としてまつ子や子供たちに対しているか、ということはその際少しも頭に入れていない、というその奇妙な頭の働き方に驚くばかりだった。

「ああ、俺に昔の財産の十分の一でもあったらな。おやじの奴には腐るほど金をたたきつけてやって、あんな法学士なんか蹴飛ばして、一生K子を温かにくらさせてやるんですが。だいいち、君、あんなすべすべした、からだつきのいい生娘《きむすめ》を手に入れてみたまえ。これは神の国に入るよりもありがたいことですよ」と最後にいった。彼は、K子を守るといいながら、その自分が肉欲を遂げようとしているのだ、という矛盾にも気づいてはいないのだった。

彼はその後もうるさくなるほど、毎日そのK子の話を私にきかせた。ある日、W——という映画俳優はどんなふうのものか、「K子が僕に似てるといったのです」と得意にきいたので、私は後で悪いことをしたとはおもったが、そのときはからかい半分、私の持っていた雑誌に出ていたその怪異なW——という悪漢などになる俳優の写真をみせてやった。すると嘉門は、顔色を真紅にしてしまった。私が「なに、そういうふうに心易だてを女がいってからかうようになったらたいしたものですよ」というと、「そうだ、そうだ」とはいったが、その後はあまりうるさく話はしなくなった。しかし、彼の優しい情熱はその後もずっとつづいているらしかった。

ある午後、学校から私が帰ってくると、門先に高級車がとまっていた。ふしぎに思って玄関の戸をあけてみると、一人の婦人が、上流の子弟の入る小学校の制服をつけた男の子に、銀色の狐の襟巻を持たせて立っていた。玄関の畳のうえに、嘉門が恐ろしい形相をして仁王《におう》立ちになり、何かどなった後らしかった。まつ子はうずくまって眼を伏せて、泣きそうな顔をしていたし、その陰から、輝雄が、破れた服の膝を手でおさえながら、三和土《たたき》に立っている少年に向って鋭く睨むような眼をしていた。婦人は、果実の入った大きな飾り籠と、美しく咲き揃った薄紅の木瓜《ぼけ》の鉢植とを玄関に置こうとしていたのだったが、足音をきいて、私の方をふりむいた。すらりと高い後姿の、藤色《ふじいろ》の着物の裾《すそ》と松葉を散らした羽織と、豊かな髪形と、白く長い頸とをばかりみていた私は、額の広い、眼の大きい鼻筋がとおり口元の締った美しい顔を見たまま、閾をまたいだまま立っていなければならなかった。

「要りません。要りません」と嘉門はいっていた。「あなた。あなた」とまつ子はおろおろ声で嘉門にいい、私の方には恥ずかしげな視線を向けているのだった。

「いや、要らんのだ、咲子を取ろうなんていう人には何ももらわん」嘉門は喚いた。

その婦人はそのまま黙って、男の子の手を引いて、花と果物とはそこに残したまま、立っている私には眼もとまらぬように擦りぬけて出て車に乗った。

車の音が坂の下に消えると、嘉門は上りはなの木瓜の花を蹴った。私は知らぬ顔をして二階に上って本を読んでいると、輝雄が、お茶が入ったから、といってきたので、降りてみると、咲子の寝ている隣の茶の間で、果物の籠がひろげられ、嘉門はいま、俎板《まないた》のうえに大きなメロンを載せて、包丁を振りあげているところだった。輝雄はもう大きなオレンジと葡萄の房とを膝にのせて、葡萄をいそがしく口に入れていた。まつ子は、私に、さきの婦人は彼女の従姉で、T・という大きな商事会社のものに嫁いで、ながくアメリカにいて、最近帰ってきたところで見舞いにきてくれたのだ、と説明した。そういえば、その婦人はまつ子に似た顔立ちであった。

「この家で看病がゆきとどかぬなら、どこか病院に引きとるか、海岸にでも保養にやってやろうといったのが、この人の気に障《さわ》ったのです」

「あいつは、さあちゃんが可愛い子だもんだから、僕から取ろうというんです。やせても枯れても、僕は子供の五人や六人生かしておけんことはない」とかぶりついたメロンの種子をぱッ！　と吐きだしながら嘉門はいった。

「大きなことをおっしゃいますね。一人でも養ってください」

「何を。まだつべこべいうか」嘉門はまた額に筋を立てた。「俺のうちで俺の命令に従わぬ奴があるか。俺はここの家長だ。神様だ。従わぬやつ、他人に頭を下げるやつは出てゆけ」

「お父さん、じゃメロンなんか食わん方がいいや」と食いおわった輝雄はいって、葡萄の房をポケットに入れて遊びにでた。

その夜、嘉門はふところに林檎《りんご》を入れて入ってきたので、私は紅茶を沸かしてもてなした。彼は今日のことは恥ずかしかった、といった。「しかし、あれはただ咲子の世話をしようといっただけで怒ったのじゃありません。僕が破産したときに、まつ子に別れろといってすすめたのが、あの夫婦です。僕からまつ子を取ってしまおうとした恨みは忘れられぬのです」と泣くような顔をしてつづけた。「だいたい、君には分るでしょう。僕にしてみれば、まつ子がいなくなることがどんなに辛《つら》いか。それあ、あの女は憎みたいほど冷たいクリスチャンのごりごりです。ですが、この僕からいま女房や子供をとったらどうなりますか。あいつらはアメリカからかえってきて、またそんなことを始めるんです。いったい、まつ子のためですよ、僕がこんなに落魄《おちぶ》れたことからして。女は君、こわいものですよ。僕の破産の直接の原因は、県下の繭《まゆ》を全部買占めて、戦後の不況でがらッとなったことです。それもこうです。それまでに、僕は女でさんざん金をつかったり、画描きのパトロンになったり、紡績で損をしたり、だまされて海水から直接塩をとるという発明をたすけたりしたんですが、まだまだ財産にひびは入っていなかったんです。あの時、僕は郡会議員だったが、県会に乗りだそうとして、県庁のあるY・市にまつ子をつれて滞在していた。宿屋で、繭を買えというブローカーと酒をのんでるところに、親類の連中がきて、さんざん僕の悪口を、まつ子のきいてるところでいうんです。僕はカッとなって、まつ子の前の意地から、今まで相手にしなかったブローカーと、県下の繭を全部買う、と約束したんです。それでがらッときたんです。まつ子への意地でこんなことになったんです。僕とまつ子との因縁なんか、あんな会社員の女房なんかに分るもんですか」嘉門はほんとうに泣きだしそうになった。私は彼のこの感情が、一時の気紛れの発作であるか、それとも永久に彼の底に巣食っているものであるか、見当がつかなかった。

火鉢に手をかざしながら本を読んでいると、下の間から嘉門の怒号とまつ子の叫びとがほとんど同時にひびいたが、私は、久しぶりだな、と瞬間思ったきりで読みつづけた。もはや習慣になってしまうと、この家にいて久しく喧嘩の声をきかないと、かえって物足りなくさびしく、落ちつかぬ心持になりさえする。それに、長くいるうちに、私は嘉門のそうした発作をあらかじめ感じることができるような気にさえなっていた。彼の発作と天候との間にはある微妙な関係があった。晴れた日の後に、しだいに雲がまし湿度が増してくるのにつれて、彼の眼は重苦しく充血してくるし、呼吸《いき》づかいは荒びてくる。そのときも、いまにも降りだしそうに、湿っぽく底冷たい午後であった。

いつのまにか嘉門は上ってきて机の傍に坐って煙草を二三服立てつづけに吸っていたが、額のあたりに怒張した血管がやや沈みかけると、「おやかましゅう」と寒暑の挨拶かなどのようにいった。私も本から眼を離さないで「どうしたのですか」と義理のようにきいてみたが、彼は、ふふん、といったまま別に答えようともしなかった。そしてふと翻《ひるがえ》った私の本の頁の、女の写真をみつけると、「それは……」と、きゅうにいきいきとたずねるのであった。これはバイロンという英国の詩人のことを書いた本で、これはカロライン・ラムという彼の情人の一人だと私は教えた。無名の画家の手になったその小肖像には、襟の高いジャケツを着た少年のような女の姿が描かれている。少年のように、筋肉的な肢体であり、眼が大きく、髪は捲きながら短く、葡萄の葉陰に風に吹かれて立ちながら、両手に黒い葡萄の果《み》を盛った皿をささげていた。

「ピチピチしてるな。おもしろそうな女だな。だが、やんちゃで、とてもふっくりした女の味なんかなくて……」と嘉門は独り言のようにいいながら、どんな女か詳しく話せとせがむので、私はしゃべった。——これはある大貴族の娘で、夫もあったが、貧乏の放浪貴族の青年であったバイロンが名をなすと最初の相手になった女だ。はじめ女の方から興味を持ち、一度逢ってバイロンを侮《あなど》り、そのうち反対に引きずられてバイロンに負けてしまう。気違いじみた情熱の女だったが、バイロンのような男には満足を与えることはできない。というのは、彼はもうその時、前年の旅では近東の放縦《ほうしよう》な女たちの肉の味に酔った経験をもち、故郷の古い僧房の跡の邸宅では悪友や婢女《はしため》たちと騒宴をつづけて退廃を知っていた。バイロンが女に求めたのは「肉」のもつ無何有郷《むかゆうきよう》だった。カロラインの圭角的《けいかくてき》な情熱に疲れた彼は、ある秋から冬へ、母のように年上の美しい夫人に、夫人の田舎の荘園に愛撫されながら逃れ、その娘が好きになったりする。カロラインは刃物沙汰まで起すほど気が狂う。いよいよバイロンを自分のものにすることができぬと知ると、ある十二月の夜、領地の村の娘をあつめて焚火《たきび》のまわりに踊り狂いながら、焔の中に、彼の肖像、手紙、いっさいの記念を焼きすてた。——

「その年増の女の絵は——」と嘉門は、もはや色情的な和らぎを顔じゅうにたたえてせきこんだ。そのオクスフォード夫人の肖像は、娘のころの、やわらかくふくよかで、暖かな血に満ちたような美しさをもった絵しかなかった。「ああ、こんな女がすこし枯れてくるとどんなにいいだろうな」と嘉門は舌をなめ唾液を呑みこんだ。私の本には、その夫人のことを、穏かな秋の日暮れのように美しくバイロンの心を鎮めた、と書いてあった。また嘉門は手をのばして頁をめくった。小柄で黒髪の女、クレア・クレアモントの像、身を任せようとする瞬間にバイロンがさすがにためらってしまった貞淑で端正なウェブスタ夫人の像、繊弱な肉感にみちたイタリア貴族の妻——嘉門はいちいち、その女たちの肉体と性情とについて勝手な妄想の批評をしながら、私にそれがこの本に書いてあることと合っているかどうかとたずね、彼らとバイロンとの情事のいきさつを根掘り葉掘りたずねた。——結局、この女をバイロンは一番好きだったことになるのだ、といって、私はバイロンの異母の姉オーガスタの、美しくて豊麗ではあるが、精神の閃めきなど一つもみえぬ肖像をあけてみせた。さすがに、バイロンとの間の本当の関係は不明だが、とわざと隠そうとしたが、もう嘉門の妄想は、そんな言葉で堰《せ》きとめられるものではなく、「ああ、これはいい。男が好きになれるのはこんな女だ」と、このような女こそ男の気をいらだてるようなことは少しもなく、ただ男の本能のすべてを深く抱きこんでくれるのだ、というようなことを得意になって喋った。そして、もう女はないか、とまた頁をめくってゆくうちに、頬骨が高く、あまり美しくはないが、他の女たちとちがって、賢さが光っている女の像をさがしだして、「おや、これは」といぶかしいというようにして私をみつめた。これが、結婚してすぐ別れはしたが、ただ一人の、バイロン夫人となったアナベラ・ミルバンクだ、と私がいった。どうして、と彼はきく。どうしてといって、この女は、貴族の娘だが、カロラインの親戚で、数学と哲学とができ、教養が高くまじめな女だったのだ。交際していてもすぐにバイロンと浮気沙汰を起すような、ほかの女のようなことがなかった。それがバイロンの心をかえって唆《そそ》ったのかもしれぬが、彼女は一度バイロンの求婚をしりぞけた。しかし、蕩児で、心のよりどころを失って頽《すた》れてゆく一方のバイロンを精神的に救うのは自分のほかはない、自分ならば、彼の中に少しばかり残っている清らかな精神を眼ざめさせることができる、と信じて犠牲的な心から結婚したのだろう。もう結婚のときから、男と女としての愛情は二人の間にはなかった。バイロンは他の女にないものを求める物好きからしたことかもしれぬが、まもなくオーガスタの方に逃げてしまった。結局、この女が救い上げようとしたことはいっそう恐ろしい破滅の元になるようなことになった。——と説明すると、嘉門は大きな声でいった。「そんな心持がいけないんだ。とかく賢かったり、信心深かったりする女は、あの男を導いてやりましょう、というような生意気なことを考える。男もちょっと甘えるような気で縋ってみようとしたりする。だけど、いよいよいっしょになると、男と女なんか、そんなことでいっしょになれるものじゃないと分ってしまう。男はいっそう、わざと悪くなる」嘉門は深い自信のある調子でしゃべった。「だがね、君、その女が、犠牲的に相手の極道者《ごくどうもの》を、救いあげるという気になっているのが、そもそも自惚《うぬぼ》れのばか野郎ですよ。いいかい、ほんとはね、そんな堅僧《かたぞう》みたいな顔をして、男にちやほやされたことのないような女にかぎって、腹の底は、男がほしくてたまらんのだ、それを自分でも知らんで、高尚な理屈をつけるだけなんですよ。この女だって、つまり、バイロンに惚れたんですよ。だが、男がほしがるのはそんな女じゃないからね」

彼は、それから、この数人の女の肖像を、何度も何度も見比べては、いろいろな好色的な言葉を、酔ったように吐くのであったが、やっぱり、オーガスタがいいというのである。「で、あなたのその議論は経験からきたんですか」と私がからかうようにきくと、「いいや、いいや」といってから、「僕のクリスチャンの女房は――」といいかけたが、やめて、また肖像を眺める。私はふと、さっきから、彼が何度もバイロン自身の肖像をめくりながら、わざとのように知らぬ顔をしているのに気づいた。

「だが、このバイロンもいい男でしょう」と私は本を取って彼につきつけた。嘉門が、自分でバイロンの気になっているのではないかとばからしくなったからである。

「ううん」と嘉門はいった。「……僕も若いときはすらりとしていた」

私は、それからなお、バイロンがとにかく天才的な人間であったこと、その最期が悲壮だったことなど話そうとした。すると嘉門はふと、階下の物音に気づいたようにして話をそらした。

「いま、君、増居君が診《み》にきてるよ」

「それで――」

「いや」彼はにやにや笑いながら、増居が、結婚して二年とたたないのに、その美しい妻の心をとらえることができないで煩悶《はんもん》していること、その妻には、他に愛人でもあるのでないかと心配していることなど話した。「この葡萄皿をもったなんとかいうお嬢さんみたいな人ですよ」

――ふと、私は激しい嫌悪に襲われた。嘉門に、それからバイロンにも。しかし、いちばん激しく自分に対して。私は嘉門の好色的な本能をわざと駆りたてて、悦に入って眺めていたのでないか。猟犬の嗅覚をひどくあおりたてて、なにか獲物でも探しださせようとするように、嘉門の動物的な鋭敏な本能を煽って、あばきたてなくてもいい人生の秘事を、醜くも嗅ぎ探させながら、何か知識を得たとでも思っていたのでないか。そして、人生や文学を侮辱し、自分を侮辱し、また嘉門とまつ子とを侮辱していたのでないか。私はきゅうに立って下に降りて外へ出ようとした。半丁《はんちょう》ほど前を、診察がすんで力なく歩いていた増居に、急ぎ足の私は追いついた。平素ならば、この蒼白な顔に金縁眼鏡《きんぶちめがね》をかけたクリスチャンの医師には声もかけないであったろうが、そのときはなんとなく親愛を感じたのであろうか、よびかけて、肩をならべて、しめっぽい風が吹く坂路を街の方に降りた。

「さあちゃんは癒るのでしょうか」と私はきいた。

「ええ、それはもうだいじょうぶですよ、ただ、ふだんから……体をだいじにしない……つまり、その、栄養と休息とが充分でないのを、神経が昂ぶりつづけていますから、本当によくなろうというには、根本的に養生させなければいけないんでしょうが」

「気管が悪いのですか」

「それはどこもかしこも悪いのですが、あの子は不思議に強靭なところがあるんですよ。あんなに弱そうに見えていて、あの子の生命力にはわけのわからぬほど強い力がありそうです」

「つまり霧島の大将があの子にゆずり与えた唯一の贈りもの、というわけですね。弱そうにみえて、やっぱり親父の生命力を受けついでいるんですかね」

「ええ、そうかもしれない。――しかし、心配なのは、あの子ではなく、むしろ小母《おば》さん――奥さんですよ。君だからいいますが、このあいだ、むりに奥さんの体を診せてもらったのです。あんまり悪い顔色だったから、診ると驚いたのですよ。あんなに毀れた体というものは初めてですよ、呼吸器、心臓、胃腸、みんな毀れた機械のようなものです。そんなからだで、どうしてあんなふうに働き通し、頑張り通していられるのか、考えてみると、人の体なんて、医者なんかの頭を超越したものですね」

「信仰の力と精神の力とでもいうのでしょうかね」

「そうかもしれませんね。奇跡のようなものです。しかし、まだ悪いところがあるんですよ。あの奥さんのからだには、あの男のからだの毒が……」といいかけて、増居は、自分で恥ずかしくなったように言葉を切り、西北の空の灰色の鱗雲《うろこぐも》のひしめきを見ながら、「信州の方は大雪だそうですね」と脈絡もないことをいい、「ここで失敬します」とタクシをとめて飛び乗った。私は埃《ほこ》りっぽい街上に立って、まつ子の蒼褪めた皮膚を想いうかべ、それは底まで滲透《しんとう》した嘉門の悪疾の色かと、寒い風の中で鳥肌立った。

第九章

そのころ私は就職運動ということをしなければならなかった。少しも熱心にはなれなかったとしても、田舎の退職小役人の伜《せがれ》としてはひととおりはしなければならぬことであった。郷里から出た実業家で私立の大学の理事をしている男のところに、ある日どうしても行かなければならなかった。その学校の教師にしてほしいというのである。約束の時間の夕方彼の私邸にゆくと、彼は昔友だちだったといって父や伯父のことをはなしつづけた。私はその話の腰を折るようにして、履歴書を出した。彼は、君のお父さんは能書家なのに、君は字が拙いな、第一こんなふうに、半紙の折目のうえに字を書くようじゃだめだよ、といった。それから、大学で何を研究していたかというので、しかたなく詩だった、というと「ははア、ポーエムか」と自分でもさもおかしくてしかたがないというような調子で発音して私をみてくすりと笑った。私も笑ってやれ、とおもって笑った。すると、その虚につけこんだように、彼はきっと私を見据えて、君は、教育者ということを天職とする覚悟はあるのかといった。私は、「はあ」といって頭を下げたまま、辞した。結局、私はその老人に愚弄《ぐろう》されただけのことで、仕事のことは何一つ言質《げんち》も得ていなかったのだ。後で腹を抱えて笑っているかもしれぬ彼の様を想いうかべながら、屋敷町を歩いて、近くの伯父の家にでもよってみようと思った。

「教育者」という言葉が滑稽なほど執拗に頭に響きのこっていた。すると、私の頭には、その午後家を出るまえの光景が浮んだ。——昼ごろ起きて飯を食おうと下に降りてみると、まつ子は外出して、なかば起きるようになった咲子だけがいた。冷えた味噌汁を食っていると、輝雄が学校から帰ってきて、私の傍で飯を食いかけたが、しきりにまずいまずいといい、「さあべい、お前が病気になんかなるもんだから、ちっとも御馳走がなくなった。病気してみなに迷惑かけるなんて、意気地なしのうえに、悪者だよ」といった。咲子はだまっていた。輝雄はますます意地悪く、なんとかして妹に腹を立てさせ泣かせようとするように、ねちねちつづけた。

「さあちゃん、君、落第するんだよ。先生がそういってるとさ。あれきりしか休まないで落第するなんか、変だなあ。あれくらいなら、僕なんか上げてもらえるんだがなあ」といった。咲子は輝雄の予定どおり、床の上で泣きだしてしまった。私は、とうとう腹を立てて、輝雄をたしなめようとした。すると、輝雄は、私に腹を立てさせることも予定の中に入っていたかのように、にやにや笑って「先生、そんなに女の子ばかりひいきするもんじゃありません」と声色《こわいろ》をつけていった。

「なんだ！　ばか！」と叫ぶと同時に、私は彼の頬をぴしゃりと張った。輝雄はよろけた。

「だいいち、咲ちゃんが病気になったのも、君がずるけたからじゃないか。あの晩のこと覚えているのか」などといっているうちに、また、手が動いて頭を張った。手の先から悲しいような感情と妙な快感とが交って、私の頭にしびれるように伝わってきた。

「あの晩のことなんか、おぼえているとも」と輝雄はうつむいたまま、舌を出した。私の手はまたうごいた。殴るたびに、私の頭のしびれは強くなってゆくのだったが、その中でも、俺は嘉門の感化を完全に受けてしまったなと意識した。そして、飛びだしてきたのであるが「教育者」という言葉で、その光景を思い浮べたというのは、私には当然のことのように思われ、唐突なことのようでもあった。

伯父の家で夕飯を食っていると、新しくつくった白いイヴニング・ドレスにきかえた従妹がきて、今夜友だちの誕生日に招かれたが、九時ごろに早く抜けて、他の友だちと踊りにゆくから、そのころその舞踏場にこいと囁いた。とにかく霧島家には帰りたくなかった私は、それから街にでて酒をのみ、十時ごろそこに行ってみた。従妹のほかに淡紅色のドレスをきた顔も体もまん円く肥った娘と、どこかの大学生だという、タキシードをきた青年とがいた。

私が従妹と踊るときに、従妹は、庵原はま江がサナトリウムで長く暮していながら少しも快《よ》くならないので少し自棄気味《やけぎみ》になり、両親や剣持などが厳重な摂生などを訓戒するのをかえって煩《うる》さがるようになり、同じサナトリウムにいる絵を書く青年と心安くなったりしている、ということを私にささやき、私の反応をみようとするのだった。私はそんなこと俺に関係あるのか、というような冷淡な顔色をしてみせた。意識的にそういう顔の仮面をつくることに成功した刹那に私の心持もそういうふうに冷淡になりえた。もし意識的に私が顔を赤らめる必要を感じてそうしたとすれば、心持もまたはま江を懐かしく思うことができたのにちがいない、と思った。鳴っていたのはタンゴであって、紫色と橙色《だいだいいろ》との光線が、薄暗いなかに揉みあっている男女の群れのうえを動きまわっているのだったが、半分ほど踊ったかと思うころ、私が、つかみどころもないようなふわふわとやわらかい従妹の体を抱いて、片隅の方に流されてきたとき、私の眼は、ちょうど数間先きに落ちてきた橙色のライトの中に浮びだした人物の方に釘づけにされた。幾組かの肩越しにみえるその人物は、肩の怒った青色の背広をきて、頭に黒々と油を塗り、洒落《しやれ》た姿勢をして向うむきになり、真紅なドレスをきた背の高いダンサアと、何かむずかしい踊りの格好をしていた。たしかに見たことのある男だ、と思った。ライトが逃げて薄暗くなるのと、その組が気取って向きを変えたのと同時であった。薄闇の中の男は、高だと思い、しかしそんなことがありうるか、と首を伸ばすようにしたとき、私は他の組にぶつかり、従妹が腹立たしく口を鳴らした。もうそのときには、高だと思われた男は、幾組か人混みの中に滑るように流れていってしまった。私はそれから踊りがすむまで、目当てをつけてその男を追おうとしたが、どうしても二度とはみつからなかった。踊りがすんでみると、相手の女はしょんぼり立っていたが、男の影はみえなかった。

夜遅くかえると、まつ子はやはり編物をしていたが、今日私が輝雄を殴ったことを知らないようで、いつものように迎え入れてくれた。私も高と思われた不思議な男のことは口に出さなかった。冷静になった頭で考えてみると、あの高が、あんなふうななりをして、タンゴを踊っているなどとは、あまりおかしいことで、本当とも思えなかった。しかし、私の眼は、あくまでそれを高だったと主張していた。

朝遅くまで眠っていた。あけがた眼ざめたときに、雨戸の隙間から障子の一点に逆《さかさ》まに投射していた外の景色は、珍らしく晴れた空の色をみせていたが、それからまたひと眠りして昼前になってみると、外ではまた風がふきつのり、雪の粉が雨戸を打っていた。

突然、自動車が家の前にとまった。荒々しく玄関の格子戸が開いた。嘉門の濁声《だみごえ》と、他の若い男の大声とがきこえる。嘉門は昨夜宿直ではあったが、今日は夕方でなければ帰らぬはずだと思って、私は思わず起き上って、下に降りてみた。茶の間には嘉門が大の字になって仰向けに横わっている。頭部と左手に大きな繃帯《ほうたい》をまきつけている。頭の繃帯は鉢巻のようになってほとんど両眼を蔽っている。左手の繃帯には真赤な血の色がにじんでいる。枕元に、まつ子が、蒼白になって眼を瞑《つむ》ったまま坐って、何か口でつぶやいている。足元に、見知らぬ若い男が、興奮しきった顔をして及び腰になり、しきりに嘉門の体をさすっている。隣の室から、咲子まで が匍うようにして出てきて坐っている。私は、いつかみた釈迦《しやか》入滅《にゆうめつ》の図、巨像のまわりに集った弟子や鳥獣の群を描いた図を思いだした。

「わはは、なんでもない。さわぐな」と嘉門はどなったが苦しそうだった。そこに隣の細君がきて、嘉門の繃帯をかえなければ、とさわぎたてた。

まつ子は、はじめて眼をひらいて、しずかに、「どうしたのでございますか」と若い男にきいた。落ちついた声であった。

「いや、お初めてです。僕は同じ調査局につとめているこういうものです」と黒い背広をきて、なるほどそういえば襟に局のマークをつけた、頭髪のうすいやせたその青年は、みなに名刺をまず配った。M・大学法科ともかいてあるから、夜学に通っているのであろう。「――それで何から話していいか。ええ、とにかく殴ったんです。殴ったんです」彼は、眼を閉じて、幻を追うようにしていたが、ますます興奮してくるのであった。

「殴ったといいましても、どういうことですか」と、まつ子は咲子を引きよせて抱きながらたずねる。

「どいつもこいつも癪《しゃく》にさわったんだ。内閣調査局をぶっつぶしてしまうんだ」嘉門は起きあがろうとしたが、全身の打撲の跡でも痛むらしく、唸りながらまたくずおれた。隣の細君が、タオルを湿《しめ》して額を冷やしはじめた。

「ええ、反逆の血です」と青年はどもりながら叫んだ。「ええ、今朝ほど、霧島さんは生意気な上役と衝突して殴ったんです。止めようとする奴を蹴倒したんです。痛快でした。じつに痛快でした。なんですか、いったい上役なんか。霧島さんが義憤を発して殴ったのは、僕たち、調査局を職場としているプロレタリア的下層使用人にとってはあんな痛快なことはなかったんです。それになんです。同じ下層官吏の仲間でありながら、霧島さんが、いよいよ課長まで殴ろうとすると、皆よってたかってとめるんです。あいつらの意識の低さはありませんよ。自覚がないんです。霧島さんは、ずいぶん投げ飛ばしましたよ。その左手は硝子を割ったときの怪我です。朝、訓辞のときだったんです」

「わかったようですが、どうしてそんなに——」まつ子はきいた。

「どうしてって」嘉門はまた身を擡げようとした。

「ええ、日ごろから生意気なんです、彼ら官僚は、ことにあいつです。僕たちが保護していたある女事務員を誘惑しようとまでしたくせに、けさ訓辞するんです。霧島さんの行為はじつに——調査局において革命的な意味を——」

「で、後のことはどうなりましたんでしょうか」

「俺は明日から内閣調査局には行かん」と嘉門は叫んだ。ふと私がみると、彼は、今はじめて、金モールのボタンのついた門衛の制服をきているのである。入口の敷居のところには、くたくたになった制帽がころがっていた。仕止《しと》められた怪物が正体をはじめてあらわしたようなものだと、私は思わず、多少の親しみも感じながら、笑い声をしようとした。しかし、青年にとっては、これは怪物どころか、軍服を載せた英雄的闘士の葬送のようにもみえたろう。しかし、眼蓋《まぶた》の上にかぶさった繃帯の下から、私の方へ視線をおくった嘉門は、私の眼が彼の制服をみつめているのを感じたのであろう、「どてらを出せ」と叫んだ。私は、いまやっと気づいたとは、自分もひどく狼狽していたのだなと思いながら、嘉門が着かえる間、まつ子を残して、隣の細君と青年と並んで玄関まで出た。

青年はやや落ちつきを得たらしく、玄関に立ったまま、二人に向って、低声《こごえ》で嘉門の格闘をくわしく話した。それによると、嘉門の相手たちも数人傷ついたらしいが、嘉門自身も柱の角で倒れて、一時は昏倒《こんとう》したらしかった。青年はそれから腕時計をみると、襖越しに嘉門に向って、「霧島さん、では時間ですからかえります。痛快でした。また見舞いにきます」といい、私には「あなたですか、かねて霧島さんのお話の大学に行っていられる方は。僕も頑張って高文《こうぶん》をやる覚悟です。ひとつ英語の指導をしてください。今日は命令をうけて、霧島氏を送りとどけるだけのためにきたので、時間もありますから、これで失敬します」といって、そそくさと玄関を出ていった。彼が出てゆくとき、「ばか者め！　ばか者め！　狐め！」と張り裂けるような大声で嘉門はそのうしろ姿に叫んだ。そのひびきがしずまると、襖越しに、まつ子の祈りの低声がきこえた。嘉門は失職した。この家はまた一段と奈落にちかづいてゆくであろう。沁み入るようなさびしさがその祈りのひびきにはあった。いつも口やかましい隣の細君もうなだれながら立っていた。私はこの空気の中にいるのにたえなかったし、どういって皆を慰めていいかわからなかったから、いそいで服にきかえて、外に出ていった。

友だちと遊んで夜になってかえった。友だちにおもしろそうに嘉門のことを話していた自分を思いだして、今朝の青年をどうして笑えるのだ、と思いながら暗い家にかえってきた。嘉門は家にいなかった。元気になってまた街をほっついているのであろう。まつ子も出てこなかった。輝雄と咲子はねむっていた。
二階にしずかに上ってみると、部屋に灯がともっていた。踊場から唐紙をあけてみると、私の机に向って、まつ子が何か書いていたのであるが、そのときにはじめて私に気づいたらしく、「あら、うっかりしていました」といって立ち上ろうとした。それを制して近づいてみると、まつ子は、私が履歴書を書くためにこのごろ使っている硯《すずり》と筆と紙とをつかって、習字しているのであった。古ぼけてぼろぼろになった『倭漢《わかん》朗詠集抄』である。

わがやどはみちもなきまであれにけり
つれなき人をまつとせしまに

よそにのみみてややみなむかつらぎの
たかまのやまのみねのしらくも

朝有紅顔誇世路暮為白骨朽郊原《あしたにはこうがんせろにほこるありてくれにははつこつとなりてこうげんにくつ》

などと歌や詩句がその本の行成《こうぜい》の字を手本にして、書き散らされていた。まつ子は顔をあからめて恥ずかしそうに両手で紙を蔽って隠そうとするのであったが、その手のすきからみえる彼女の字は、細々とうつくしく、普通のものに模倣できるとも思えぬ行成の字をよくこなしていた。

「母がむかしくれた本をとりだして、嘉門はゆう方また元気が出たといいまして、出てゆきましたものですから。酒でものみに行ったのでしょう」そういいながら、二三枚の紙を揉んで袂に入れて、立ち上って降りていった。帰りしなに、「机や硯や、紙までだまって拝借して、取乱したものですから。それにお帰りになるのも知りませんで。お茶でもわかしますから」といった。

私が玄関をあけ、梯子段《はしごだん》をあがるのにも気がつかぬほどに、彼女は、心を沈潜させて、この古い歌や詩句を書きならっていたのであろう。私はふと、このまつ子が、苦しみのうちに崩れもしないで生きてゆくという心の支えと恃《たの》みとは、基督の教え——白人種が生みだした宗教の信念だけであろうか、いや、このような古い心、日本の女の中に長々とながれてきたこの字のように細々となよやかに静かに澄んだものにふれる心から生れる、底知れぬ忍従、また忘却の虚脱に似た心、であろうか、と思いまどった。

第十章

私と、頭の繃帯がとれたばかりの嘉門とは、二人づれで毎日就職運動をしてあるいた。しかしどちらもあまり熱心ではなく、そのうちどちらかが一日中に一個所もゆけば、もう二人ともその日の仕事はすんだような気になった。私が誰かの家の応接室で主人とむかいあっているときには、門先までいっしょにきた嘉門は、わざとその応接室の横の塀ぎわのところにやってきて、頓狂な声で流行唄をうたったりしてまぜっかえす。私が出てくると、どうだったか、などとはききもしないで、自分はまだ一軒も行かないくせに、ああ、今日の大仕事もこれで済んだ、といって、後はいっしょに方々あるきまわる。

嘉門はほとんど一文も金はなかったし、私もあまり持ってはいなかったから、おもしろく遊びまわることはできなかった。嘉門は私をさそって、どこへでも行きあたりの銭湯に入って、一時間でも二時間でも、そこで真赤にうだりながら遊ぶことが好きだった。昼間の、人気のない風呂の中に海坊主のようにもぐったり、流し場に仰向きに寝て、調子外れの巨きな声で、流行唄やともすると賛美歌をうたったりする。また、楊弓場《ようきゅうば》をみつけると、かならずそこに立寄ったが、彼はそのときばかりは全身が鋭い緊張の気に張りつめるのであって、その弓はいつも驚くほどみごとに命中するのだった。剣劇の活動写真によく私を誘って入るのだったが、すぐに、「この間頭を打ったところが痛んでくる」といって、途中で出ることが多かった。動物園にもよく行った。彼は、河馬《かば》とか、象とか、巨大な動物を飽かず眺めることが好きであったが、とりわけ、寒々とした木と岩とのうえにのたうちまわっている白熊が好きで、その檻の手摺りに身を突きこむように凭《もた》せかけて、一時間くらいは夢中になって見入っていることがあった。こうした一日の帰りには、どこか労働者などのあつまる安い食堂で夕飯を食い、山高帽を卓の前に置き、モーニングの前をはずして、酒をのむ。そして、内閣調査局で暴《あば》れたときのことを、周囲のものにきこえるように自慢ばなししたが、その話はしだいに誇張されていって、局長も課長も、嘉門の腕によって何間も弾ねとばされて混凝土《コンクリート》の床に打ちつけられ、硝子戸は何十枚となく破片になり、傷つくもの数知らず、——ということになる。

そのうち、私はこうした日程に飽きてきたので、理由をつくって同行をことわるようになったが、嘉門は、就職に熱心だったからではないが、放浪癖のために、毎日、履歴書を一枚ずつ書いては朝から出てゆくことを欠かさなかった。

口述試験の終った日の夜おそく、浅い夢魔にうなされて眼を半ばさましたとき、隣の三畳で人の声がした。

高が帰ってきたのかしら、と夢うつつに思って耳を立てると、それは、酒に酔った嘉門と、もう一人はまったく知らぬ男との話し声だった。「旦那、旦那、お陰でたすかりました」と嗄《しやが》れてつぶれてしまって古いのか若いのかわからぬその男の声はしきりに繰り返していた。「まあお礼はいい。安心して俺のところで、元気が出るまで休んでゆくがいい」と嘉門はいいながら、布団をしいているらしかった。「となりには人がいるが、遠慮はない、……あしたは充分食わせてあげるが、今晩はこれで我慢しな」嘉門は懐から下でこっそり造ってきたらしい握り飯か何かを食わしていた。男は、むしゃむしゃと噛りつきながら、いっそうの嗄れ声にこんどはしゃっくりを交えて、「道っぱたに犬ころみたいにころがっているルンペンをたすけてくれるなんて、旦那は仏様ですよ」といった。「仏様じゃない。俺はクリスチャンだ。ははは」と嘉門はこたえた。

それから、嘉門は、今でこそ貧乏しているが、と前置きして、いつものように、むかし金持であったことを、話しはじめる。すると、男は、——あたしだって昔はといいだした。よくはききとれなかったが、その男は、士族だといった。官吏になるつもりで東京に出て、画が好きになってその修業をした、といって、自分の腕の自慢をした。有名な日本画家たちをいちいち罵倒した。嘉門はいちいちうなずいてきいているようだった。——「それが、どうしてこうなったか、っていうと、これ、これです」と男は手真似《てまね》をしたらしい。「今でもやめられないんですよ、旦那、いいところがありますぜ。一度慰みませんか」「そうか、そいつは」女のことであろうと初めは想像してきいていたが、その内に賭博のことだと分った。それから私は何度もまどろんでは眼ざめ、眼ざめてはまどろんだのだが、二人の賭博の話はほとんど夜明けまでつづいていた。そのあいだ、嘉門は何度も忍び足で下におりて食べ物を運んで、もう一週間も食わぬというその男の食欲をみたしてやっているらしかった。

底の知れぬ嘉門の親切な心にあきれながらも、眠りを妨げられて腹を立ててしまった私は、ときどき嘉門が、襖越しに低い声で私の名を呼んで、私が寝ているかどうか試すのにわざと答えないで、深く眠ったふうを装っていたものの、とうとう夜明けごろまで熟睡はできなかった。

眼がさめるともう十時をすぎていた。隣には人のけはいもなかった。その室に入ってみると、食いちらした米がこぼれ、まだ男の臭い匂が漂っていた。下におりてみると、まつ子は、ぼんやりとした顔色をして編物をしていた。嘉門はその男とは朝方出ていったということだった。床のうえに起きていた咲子は、ゆうべ中ねむられなかった、といっていた。まつ子は、今朝苦情をいうと、「貴様はバイブルをなんと読んでいるか」と呶鳴られた、と私に、苦笑しながらいった。

ふと、まつ子は、「そうそう、今日はお節句よ。さあちゃん、お雛様《ひなさま》でも飾りましょう」といって立って次の室の押入れをあけた。もう三月になっていたのだ。障子に射している光もそういえばいくらか和やかで明るく、ようやく力を増してきた咲子の頰をほのぼのと淡紅色にさえうるませて射しこんでいた。

私がそうして、明るい光の中の少女をみて、なごやかな心になっていたとき、がちゃん！と大きな音がした。とみると、開いた押入れの閾のところに、まつ子の体がぐったりと折れ崩れていた。その大きな音は、押入の奥の漆塗りの長持《ながもち》の蓋が落ちたものらしく、もう少しのところで、まつ子は頭をそれで打たれるか、挟まれるかしたにちがいない。まつ子はこの前のように、気を失って倒れていたのだ。それでも、今度はたいしたことでもないらしく、私がその冷たい体を抱いて、こちらの室まで引きずってこようとすると、首をふりながら、むりに私の腕の中から抜け、乱れた着物を直しながら台所に行って湯を呑んで、それからまた、押入れに入って、長持を開けようとした。私がむりに手伝ってその蓋を支えていると、まつ子は、その空《から》の長持の中を指しながらいった。

「みてくださいまし、何一つもうありません。たしかゆうべのうちに最後の私の持物まで、泥坊のように持ちだしたのです。母の形見の着物ももう一枚もありません。今日床上げさせようと思った咲子のただ一枚の晴着もありません。きのうまではそれでも底の方に、絶対手をつけさせぬものが少しあったのに」

私は賭博のことをいうのに忍びなかった。ただ、嘉門のバイブルの読み方が少し度を過しているのでしょうね、といいながら、その長持の唯一の残存物である古い新聞紙に包まれた雛人形を取りだす手伝いをした。酸《す》っぱいような埃の匂いのするいくつかの人形はそのうちに咲子の枕元の床に並べられた。まつ子の祖母から伝わったものだというその形の大きい古風な雛の男雛の方は、鼠に噛まれたのか鼻がかけていたし、女雛の方は、天蓋《てんがい》は落ち頬に傷がついていた。五人囃子も、手が折れたもの、髪が片面なくなったもの、着物がばらばらになったもの、笛を落したもの、完全なものは一つもなかった。それよりも、私はその雛人形たちの顔の古い泥と白い塗料との色が時間の作用で底知れぬ黄色を帯びた白さに練り上げられて、たまさかの光の中に怪しいまでに冴え返って、褪せかけた紅、紫、黄金の衣と反射しているのに身慄いをした。それでも、母親はいそいそと、ほどよくその雛たちを並べ、ありあわせの塩せんべいを皿に盛って前におき、私にも御馳走《ごちそう》してくれた。

まつ子と咲子とは、いつのまにか、咲子の知らぬ祖母、大祖母などの話をしていた。まつ子の家は、嘉門の故郷の海岸から、川を溯《さかのぼ》っていった山峡の、青い山にかこまれ、清らかな流に臨《のぞ》んだ盆地の小さな城下町だった。京都のふうがあるといわれたその町で、まつ子の家は代々国学を修めた家柄であって、一門には地方で有名な徳川末期の歌学者も出たし、維新のときに脱藩して勤王のために働いて死んだものもあった。明治の最初の物理学者の一人もまつ子の大伯父にはあった。この純潔な血脈について娘にはなすときに、まつ子の顔には、諦めきれぬさびしさもありながら、どことなく過去の光栄に酔うような歓びの色がかすかに輝いてくるのであったが、それをきく咲子の方には、もっと暗いものがあった。子供だから、自分で気づいてそう感じているわけではなかろうが、その性根の底に、「どうしてそんな立派な血を、こんな濁った血に交ぜてしまったのか、このことはどこへ訴えたらいいのですか」と恨みごとをいっているものがあるにちがいない。

「僕は出てきて、花か人形か、何か買ってきてあげよう」私はさびしくなって腰を上げかけた。

「いや、それより、咲ちゃん、よくなったら、四月か五月に、どこか海にでも、一日遊びに行こうね」ともいった。

「ほんと、ほんと」思いがけぬほどきゅうに咲子は、うれしそうな顔になった。

私がこうして、咲子たちの心を少しは浮きたたせることに成功したと思っていたとき、玄関で、太い男の声が、「霧島さん、霧島さん」と無遠慮に響いた。まつ子はあわてて出ていって、何か押問答をしていたが、間もなく私にも出てくれといって引きかえしてきた。出てみると、制服をきたこの地区の警官と、黒い背広をきた逞しい刑事とが、高のことをまつ子にきいているのであった。どこへ行ったか住所は知らないか、とまつ子と私とにかわるがわる執拗に訊ねた。刑事の方は上って高のいた部屋を探しに行ったが、そこには高のものは何一つなかった。ゆうべ嘉門が放浪者をつれこんだ跡がそのままだったので、このことを説明するのにもまた長くかかった。結局、彼らのそのことへの疑念は充分には晴れなかったが、そのうちにしかたなく引き上げていった。彼らが出ようとするとき、いったい、高はどうしたのでしょうかとまつ子がきくと、これがかえって彼らの心に引っかかって、しばらくまた問答がつづいたが、最後に、「奥さん、本当に知らないのか、けさの新聞を読まんのかなあ。とにかくしかたがない。これからでも、高から何か便《たよ》りがあるか、高の友だちでも立ちよったら、すぐ知らせてくださいよ」と制服の方が念を押して出ていった。

まつ子も私もその朝の新聞をみていなかったことに気づいて、私は自分の室に帰って新聞を持って降りてきた。裏口からそっと聴き耳を立てていた輝雄が、ひったくるようにしてひろげて、一番に、三面記事の下の方にそれを発見した。――大雪の夜の東亜人道協会経営の施療病院の火災は、放火、――保険金をめあての放火であった。このことが、病院の従業員の間にその後起った確執のために、ある一人のものの口から漏れた。主人の李は引致されてしらべられているが、彼は、慈善事業の看板で、内鮮の名士たちの援助をうけていたが、他方で相場に手を出したためそのようなことを企んだのである。しかし、放火の共謀者が他にあることが明かであって、続々、病院の前従業者が検挙されつつある。——と新聞は冷酷な筆致で書いていた。高の名は出ていなかったが、彼もその仲間として追求されているのにちがいなかった。

「怪しい人だと思ったよ」と輝雄はいった。

まつ子は黙ってうなだれて眼をとじたまま、祈りでもするように、唇をかすかに動かしていた。私は、咲子に何か買う約束もあったし、この場にいて、まつ子のはげしい幻滅をみることにたえられなかったので立とうとした。一人、自若《じじやく》として平和な顔をしているのは、咲子であった。病気から回復してきた咲子には、まったくふしぎなほど底強い生命力のようなものが内に燃えていることが、このような時にも見られるのであった。

「兄さん、あたしよくなったら、鎌倉《かまくら》につれていっていただくの」と、一座を引きたてるように、はればれといった。

「へえ、僕は仲間に入れてもらえますかね」と輝雄は、例の、下からすくいあげるような眼つきで私の顔を見た。私はだまって外に出た。外は暖かく、垣根、石垣のあたりには春らしい草の芽がいつのまにかところどころ萌えはじめていた。

……巨大な、真黒な、大熊のようなものに向って私は一生懸命に格闘を挑んでいた。そのものは私のうえに黒雲のようにのしかかってきた。私は息が詰りそうになって、喚き叫ぼうとするが、声はどうしても出てこない。懐から鋭い小刀をさがしだして、幾度も幾度も、そのものの脇腹に向って突き刺すが、それはただ真黒な毛のなかに手ごたえもなく入ってゆくばかりだった。私のからだは圧しつぶされそうになった。太い掌が、頭を摑んでしまった。私のからだは振りまわされ、首はもう抜けようとした。

盗汗《ねあせ》にびっしょりと濡れて、私はそれが夢だったことを考えて安心した後に、半ば睡り半ば覚めた状態がしばらくつづいた。と、その朦朧とした精神状態が、きゅうに激しく一つの焦点に向って集注されてゆく。そして私はいつのまにか、嘉門を殺すことを夢として考えつづけていたのだと気づく。真黒な熊のようなものに嘉門は具象されていたのだ。私は一夜じゅう、その嘉門のごときものと組み打ちし、それを殺戮《さつりく》しようともがきながら、かえって取りひしがれようとしていたのだ。

そのうちに、そのような夢を見た、というはっきりした記憶だけを残して、完全に眼をさまして、時計をみると三時過ぎであった。体は盗汗のために冷えきっていた。私は、その夢をみたという記憶も、夢そのものといっしょに闇黒《あんこく》の中に埋めてしまわなければならぬと決心したように、布団をかぶって眠りにおちていった。

「こら！　ばか者め！　不良学生！　起きろ」突然寝ている私の脇腹を強く蹴ったものがある。わめこうともがきながら、これはなんの夢だろうと考えてくる。もう一度、「こら！　起きろ！」という声が響く。そして私ははっきり眼をひらいて、夢ではなかったと知った。もう朝であった。一枚開けられた雨戸のところから、あかあかと晴れた日の光が流れこんでいた。

枕元には、嘉門が仁王立ちになって私を睨みつけていた。この奇怪な現象に、驚きはまだとまらない。しかし、たしかに、怒り狂った形相をしてそこに立っているものは、あの時浮浪者といっしょに家を抜けだしたまま二日二晩帰ってこなかった嘉門のどてら姿であった。

「やあ、いま起きます。いつ帰ってきたんです」できるだけ落着いて、枕元に坐りなおして、相手の顔つきをよく観察してやろうと思うのだが、頭が痺れ、顔面の筋肉が硬ばってしまっていたようだった。ただ興奮した嘉門の血走った眼が、のびほおけた髯面の中できらきらと光っていた。

「貴様のような不届きな奴は、悪魔だ。獅子、……獅子身中の虫だ」

「いったいどうした訳かはっきり言ってもらわないと困りますね。だしぬけに、悪魔だとか、虫だとかいわれたって僕はただ呆れてものがいえぬだけだ」

「何を……」嘉門は突然ぶるると体をふるわせて、腕をふりあげて私に迫ってきたが、どうしたものか、殴りこんできもしないで、そのまま拳を握りまわしながら、私の鼻先にぺったりと胡坐《あぐら》をかいた。「何を……」彼はまだ慄えている。

「き、きさまは……間男《まおとこ》しようとした！」彼はこの最後のことばを、鳴りひびくような大声で爆発させた。

「ばかばかしいことはいわないでください。人ぎきが悪いですよ、朝っぱらから」

「人ぎきが悪ければ、正しいことをしていろ。俺が、あれほど親しみをもって交際《つきあ》ってやったら、つけ上りやがって、そのざまは何だ。殴るぞ、殴るぞ」

「殴るなら殴ってもらおう。だが、むやみにくだらぬことをいわれたんじゃ、こっちもたまらない」私は、この巨漢が猛《たけ》り狂ってきたら、それはどうしても防ぐこともできるものでないと観念してしまったから、むしろ身構えしてなるべく危害の少いように殴られるに任せよう、そしてこの大きい図体《ずうたい》の動きの隙をうかがって、逃げだすことにしよう、と覚悟をきめて対していた。

だが、嘉門はさすがに長いつきあいの親しみのためか、口だけで怒り狂いつづけた。「何をいうか、貴様は。嘘だというのか。証拠が上っていることを知らんのか……」

「証拠があればきかしてもらいましょう」

「第一、あの大雪の晩、きさまは火の消えた下の間で何をしていた！　いやしくも人妻のいるところに灯が消えた夜中に坐りこむという法があるか」

「だれが、そんなことをいったんだ」私はふと、高を思いだした。高がいったのか、それにしても嘉門はいつそれを高からきいたのだろうか。

「誰がいおうと勝手だ。それに弁解ができるか、その場のことはいちいち俺には分っている。暗闇の中で、女房が《たすけたまえ》と声をしぼって神様にお縋りしたんだ。どうだ……。それからだ。俺の留守に、一日中女房といっしょにどこか行きやがって、晩方、自動車に納まりこんで帰ってきた。そのときこそ、何をしやがったか分るものか、そのとき、女房は蒼白な顔をしていたんだぞ」

高ではない、それでは、まつ子がいったのだろうか。――いや、「輝雄」だと、私は瞬間にはっきりと気づいたのである。もう、なんといっても同じことだ、と諦めてしまった。

「ははあ、とうとう黙ってしまったな。心に姦淫《かんいん》を犯すものは……という教えを知らんのか。いや、きさまはそれ以上だ。きさまが最初にこの家にきたときに、俺があれほどはっきりと、《留守がちですから》と念を押しておいたのを忘れたのか。だいたい、きさまは、女がほしいくせに、一人も物にできんものだから、こともあろうに、この家の中でこそこそと、泥坊のような真似をしやがったんだ」

私はもう堅く黙ってしまって、押し通すほかないと思った。

「こら何かいわんか」嘉門は私の沈黙をみるとますますいらだってきた。

「嘘だ」何度か嘉門が呶鳴ったあとで私は口をひらいた。「ばくちに負けた腹いせにそんなことをあなたはいっているのだ」

「なに！」とうとう彼の拳が私の頭をかすめた。私が頭を横に振ったので、肩の骨にひどくぶつかった。すると堰を切ったように、彼の腕は私を襲ってきた。私は立ち上って身構え、やはり立ち上って襲ってくる嘉門があまり興奮している隙をみて、彼の向脛《むこうずね》を蹴り、すり抜けて下におりようとしたが、彼の大きな手は私の肩をとらえ、つづけざまにいくつか私を殴りつけた。そのとき、いままでにもう踊場のところに潜んでぬすみぎきしていたのであろうか、まつ子が部屋に入ってきて嘉門の後から抱きとめた。

「きさまも、こいつの味方をするのか、よし、きさまもここで成敗してやる」

嘉門はまつ子を振り離して、二三度彼女の肩のあたりを打ち据えた。私の方はまったく忘れてしまったかのように、嘉門はまつ子にがみがみと呶鳴りつけ、まつ子は泣き声立てて言い争っていた。ときどき彼の拳はまつ子の頬や肩や胸に当っていった。そのたびに彼女の体は折れ撓《たわ》むようにゆらめいた。私はそのあいだに、いそいで洋服に着換え、当座に必要なものだけを小さなスーツケイスに入れて、ここを逃げだそうとした。初めのうちは、二人の格闘をとめて、私の犠牲になっているまつ子を救おうとしたのだが、それにしては嘉門の体はあまりに狂暴だった。と、みているうちに、このふたりの争闘の揉み合いのうちには、一種の、火が燃えしきるときにぱッと立つところの光耀《こうよう》に似たようなものがちらついていることを感じた。二人の顔、――いや肉体の全体の表情の中には、爛酔《らんすい》に似た異様な激情の恍惚感がたえず火花のように閃めいては消え、消えては閃めいていた。私はそれをまつ子の眼のかがやきにまでみたとき絶望的な心になってしまったのである。その眼の色は、憤怒だけに燃えているのではなかったのだ。一つの本能的陶酔と思われる奇怪なものがそこにあった。

私がスーツケイスをさげて梯子段のところまできたとき、二人は疲れはててぐったりとなって争いをやめていた。「行かないでください」とまつ子は私にいい、嘉門も何か口の中で唸るような声を発したように思われたが、私はその時にはもう梯子段を降りてしまっていた。そこに蒼ざめてふるえながら蹲んで二階の様子をうかがっていた咲子の、涙をふくんだ大きな瞳をみて、片手をその細くやや赤味をおびた頭髪のうえに置いて、「さようなら」といったまま、後をみないで外に出た。外は生ぬるくあたたかな日和だった。

門前のところに、輝雄が立っていたが、私をみるときゅうに身をかわして隣の生垣の陰に隠れた。その時ちらと私の方を覗いた顔には、悪戯な笑いの影がいっぱいに溢れており、眼は嬉しくてたまらぬというようにきらきらと光っていた。いよいよ、あんなことを嘉門に告げ口したのはこの子にちがいない、と私はうなずいた。タクシの通る路まで、坂道を上り下りしながら、私は、いつのころからか、輝雄はずっと私を探偵のようにつけ狙って、私の一挙一動をそっと観察していたのだな、それを自分は気づかずにいたのだな、と思った。その瞬間に、輝雄と私との交渉が、フイルムを逆に映しだすかのように、ぐんぐんと心の中に再生してきた。あの吹雪の夜、眠っていると思っていた彼、一日じゅう高を探してまつ子と歩きまわって帰ってきたときの彼の表情、その他さまざまの時と処との輝雄の顔つきや言葉や身ぶりが、今までとはまったくちがった、恐ろしい意味に色づけして蘇ってくるのであった。たとえばいつかの夕暮れにはこんなこともあった。この小住宅の混みあった一郭の行き詰りのところに、かなり高い崖があってその上には大きな邸宅が並んでいた。ある雪解けの夕私がその崖の路をあるいていたとき、傍の熊笹の茂みの中でごそごそと動いているものがあった。よくみると、小学校の服をきた輝雄が何かをしきりに探していた。崖のうえには綺麗な外套をきた、咲子ぐらいの年の、丘の上のブルジョアの住宅地の少女が二人立っていて、それが彼にさがさしているらしかった。彼はやっと白いゴム毬《まり》を笹の根元でみつけだし、それを持って、道のない崖を登ってゆこうとする。何度も何度も滑って泥だらけになったあげくに、やっと笑っている少女のところまで登っていった。そのとき、彼は、赤らんだ顔であたりを見廻して、ふと私が近くに立っていることに気づいた。その時の彼の表情を、私は今が今まで、ただ得意の表情だとばかり考えていたのだ。実際は、恥ずかしさと恨みとに燃えていたのにちがいない。彼としては、そうした卑屈な場面を、私にみられたという侮辱感に対して、一刻も忘れることなしに復讐の心を持ちつづけていたのにちがいない。——これはひとつの例だが、こうして、輝雄についての私の思い出は、今は、ことごとく、二重——意識表面のこととしての記憶と、いままで気もつかなかった意識下の記憶との、二重の意味で思いだされてくるのであった。不気味さは、このようにして、人生にはすべて、眠った記憶というものが、気づかぬうちに積み重ねられていって、捉えがたい悪の根を育ててゆくのでないか、と考えたときに、私の心に突然に起ってきたのである。

いつのころから、私と彼との反発は始まったのだろうか。最初の日からかもしれない。はっきりいえば、彼は私を嫉妬したのだ。この敏感な少年は母の彼への愛情に対する競争者と私を思いこんでしまったのだ。で、私もまた、彼にそうした嫉妬を感じてはいなかったか。そうでないことは、意識下の世界においては言いきることはできぬ。こうして、私と彼との間には、底深い嫉妬と敵視との心が存在しあっていたのだ。敏感な彼は、それでいらいらとして、いつかの時を狙って、私に復讐し、私を倒し、この家から叩きだそうとし、私が気づかぬうちに、私のあらゆる挙動を観察して、それを強く捻《ね》じ曲げて、嘉門に密告したのだ。さっき生垣の陰できらめかせた眼の色は、その勝利の色そのものだ。彼のこの執拗な精密な計画がみごとに成功したことにあやまりはない。

「もし、——もし」

私がようやく広い路面まで降りてきたとき後から女の声が呼びとめたので振りかえってみると、まつ子が私を追って駆けてきていた。髪もすこし乱れていたし、狼狽し興奮していたことは一眼でもわかるほどだったから、かたわらを歩いているものは、私と彼女とを見比べて立ちどまったりした。

傍までくると、しきりに呼吸を切らして喘ぎながら、身をすり寄せるようにして、「待ってください。もう一度引きかえしてください。嘉門も今は悪いことをしたと、しきりにあやまっております」とくりかえした。

私も実際二三歩引きかえそうとする方向に歩いた。しかし、私はそのとき、——いったいなんのためにあんなばかばかしいところに帰ってゆくのか、いままで、あんな不便な下宿にいたということからして第一不思議なことなのだ。自分が引き上げたら、とてもあの二階に後に入ってくるような物好きはあるまい、というような親切気だったのか、それともあの家の誰かに、——まつ子に、あるいは咲子に、あるいは嘉門に、惹かれてでもいたというのか、もうそんなことは、やめていい潮時《しおどき》だ、と考えていたのだ。

「なんのためにですか」と私は冷やかにいった。

「もう、私どものところをお出になるのはしかたございません。しかし、もう一度、皆にお詫《わ》びさせてからにしてくださいませんか」

「詫びるのはこちらです」蒼白な女の顔をみていると、また皮肉な感情しか浮ばなかった。人間は地虫をみればすぐ踏み潰そうとするし、猛悪《もうあく》な獅子をみるとすぐ賛美してしまう、それと同じように、弱々しいものに冷酷になるという本能でもその時の私を動かしたのであろう。

「だが、僕は、踏み倒しはしません。宿料は一二日中にかならず送ります。荷物は、あとから取りにやります。じっさい御主人に殴られてさっぱりしました」

まつ子は私の言葉を皆までは聞いてはいなかった。黙って、唇を噛みしめてしばらく私をみつめていたが、やがて頭を垂れ、くるりと向きを変えて、もと来たのと反対の方の坂道に歩いていった。その坂を上ったところには、教会がある。彼女はそこに入って、身を投げだして祈りでもすることであろう。

私はその後姿が消えるまで立ったまま見ていたが、まつ子は一度も振り返らなかった。私はその足で伯父の家に行った。伯母が、私の顔のみみず脹《ば》れをみつけたので、学校のグランドで、蹴球《しゅうきゅう》をして遊んだのだ、とこたえたが、伯母は、酔払って喧嘩でもしたのだろうといって笑った。私は試験もすんだし、きゅうに故郷に一度帰ってみたくなったから、といって、金を借りて、荷物を誰か雇ってこちらに引上げてくれ、と頼んでおいて出た。近くの郵便局で金の一部を霧島家に送ってから、駅に行って、出まかせの汽車に乗った。

汽車が昼過ぎに東京駅を出て、横浜をすぎ、相模《さがみ》の方までくると、私の眼にぱっと映ったものは春の季節の色だった。この薄曇りさえ、春のやわらかさであった。野には麦が青々と萌え、松の樹々もまだ芽吹かぬまでも、どことなく明るい緑の色調を持って若やいでいた。竹藪にはこまかな光がうるんでいたし、その傍には、白や淡紅色の梅の花が咲き盛ってかがやいていた。曇った空は底の方から、たまらなくやわらかな微光を発してうるんでいた。光が、空にも、地上にも、しずかに流れながらしだいに溢れてこようとしていた。「なあんだ」と、窓に顔を寄せていた私は呟いた。昨日まで、いや、今が今まで、厳しい、冷たい蒼白な冬の真ん中にちぢこまって生きていたと思ったのに、もう外の世界は暖かな光であふれていたのだ。冷酷な冬は、あの一軒の家にばかり、爪を立てたように居残っていたばかりなのだ。そこから解き放たれたことは事実だ。——それからしばらくして、「おや、不思議だ」とひりひりするこめかみのみみず脹れを撫でながらつぶやいた。じっさい、嘉門に殴られ蹴られたことは、さっぱりとした後味しか残していない。本当に蹴球をして蹴られても、こんなさっぱりした感じはないだろう。

ただ欲をいえば、もっと激しくこっちからもかかっていって組み打ちをすればよかったのかもしれない。自分の中に暗く蟠《わだかま》っていた心のしこりのようなものが、砕けてしまった感じがした。恐ろしい夢の後味もこのために消えてしまっていた。私の胸はいつになく荒々しく強く呼吸をしているし、血管は車輪のひびきに乗って勢いよく流れ、皮膚には若々しい血の紅さまでのぼってきていた。後頭部のあたりにこころよい温もりがあって、眼の球《たま》は生き生きと動きながら物を映していた。野蛮な肉体の争闘だけが与える歓びが後頭部のあたりに息づいていた。この刹那の自分を誰かがちょっと引張るか、唆かしさえすれば、どんな乱暴な行為でも、生命《いのち》がけの勇敢な行為でもできるのではないか。——

松林のはずれの丘の草原に私は蹲まっていた。午後おそくの空は、いまにも降りだしそうに重々と雲を重ねあっていた。海のうえにも深く靄《もや》がおりていた。そのくせに、雲も靄も妙に底の方に乳色の光を湛《たた》えている。ただ海だけが、もう夜の海のように暗く沈んだ色をしているが、それよりもふしぎなことは、ごく弱い生ぬるい風がときおり流れているばかりなのに、見渡すかぎりの海面が、たえまなくいそがしく三角波《さんかくなみ》をたてて、泡立つように白々と砕けている。

私の体にも心にも、もうさっきの興奮はなかった、というよりも、その反動の疲労で、ぐったりとなって、そのことは滑稽なことだったとしか思えず、このままこの枯草のうえに解体してしまうかと思われるほど、けだるくなって、体をうごかす力も抜け、何を考える力もなかった。どうして、きゅうにこんな海岸に降りてきたかを考えようともしなかった。ただぼんやりと、この松林を抜けて丘を上ってゆくと、庵原はま江がいるサナトリウムがあるのだ、ということをさっきからぼんやり意識しつづけていたのだが、なかなかその方に歩きだそうともしなかった。いつまでも受動的な感覚状態で、蒼白く泡立ちさわぐ海面をみつめていた。この湾をかこむ山も岬も靄にかくれていて、風はほとんど吹かない、どうして海ばかりがこんなに騒いでいるのか。海が生き物であって、腹の中で何か暴れまわってでもいるのか。いや、そんなことはあろうはずはない。どこか遠くの方で激しい嵐が起っているのだ。それがもうすぐここにもやってくるかもしれないのだ。それにちがいないと考えると、私は、きゅうに服の砂を払って立って、スーツケイスをさげながら、もう暗くなりかけた松林の中に歩いていった。

第十一章

庵原はま江との面会は、あらかじめ思っていたとおり、冷やかな感情にとざされたものであった。サナトリウムの入口に立つ瞬間まで、私は睡りの中の歩行者のように、なんの自覚的な意志の方向もなく、暗い、冷たい、しめっぽい、雨もよいの松林の中の坂路を歩いていった。背中からは、私をおびやかし、せきたてるように、海の底鳴りのひびきがつづいていた。生活のなかには、時として、動機や目的の自覚がすこしもないところの行動をおこすことがないのであろうか。そして、その夢の中の衝動のようなものこそ、いっそう、必然的で、狂おしい根強さを持ってはいないだろうか。そして、そのようなもので人間が動いたときに、運命といわれるものの片影を感じるのであろう。おおげさにいえば、私のそのときの訪問は、後から考えてみるとき、こうしたものだったとするほかはない。

はま江の室には灯はまだついていなかった。丘の下の海のひびきを反射して、たえず細かくがたがたふるえている硝子戸と、乳色の窓掛を透《とお》して、薄い光が、白い四方の壁を青白く濡らしていた。窓枠の紅や白のゼラニウムの花までが、なぜかいちように青白いように眼にはみえた。ただ、天井から無数に吊り下げられた大きな薬玉《くすだま》の、紅、紫、緑、白、などの色彩が、ゆらゆらとしながら、華かな色で、かすかな発光体ででもあるかのように眼にうつってきた。

「これをみんなこの方といっしょに、あたしが造ったの、綺麗でしょう」髪を二叉《ふたまた》に分けてお下げにした、矢絣《やがすり》の紫の銘仙に黄色い兵児帯《へこおび》をしめたはま江が、傍にいた血色のいい美しい看護婦の方を指したが、それが部屋に入った最初の挨拶の代りだった。私は、はま江のその格好をみて、少女の室に入ったような錯覚をおこして、咲子を瞬間にありありと思い浮べたが、よくみると、はま江の白い頰には胡粉《ごふん》のあとがあり、眉は描き、唇は鮮かな色に塗り、やはり深い「女」の色を感じさせた。ただ、昔からみれば驚くほど薄くなった胸だけは、少女を感じさせつづけた。私がだまってうなずくと「どうしてきたの」と鋭くきいて、ベッドから離れて、細い白い腓《ふくらはぎ》を着物裾ののあいだからみせながら私のと向きあった籐椅子まできた。

「ただ、来たくなったから」と答えているとき、看護婦は、編みかけの桃色の毛糸を両手で掬《すく》うようにもって、人のいい微笑をみせながら、そっと室を抜けだそうとした。

「座間《ざま》さん、出ないでちょうだい。出る必要なんかありませんわ。笑ったりしないで」はま江の声はもっと鋭くなり、看護婦は微笑のままで筋肉を硬ばらせ、靨《えくぼ》は頬にまだ残っていたが、恐れるような眼をして歩きだして、「用事がございますので」といって次の室まで行った。「いやだ、いやだ。あなたなんか、思いだしたように、一年に一度か、冷やかしにくるんだ。侮辱された、とおもっていいのだわ、あたしは。座間さんにまでにげられて」はま江の頬には血がさっと上り、眼がうるんで光った。「あんたは、今年の冬の雪嵐の日を覚えている？ ここでも降ったわよ。海が雪を吸いこんでるように、ここの窓からみえたわよ。今日もなんだか、そんな感じがする日だわ。あたし、さっきから、あの日のように、死ぬことばかり考えて取憑《とりつ》かれていたわ」

「だいじょうぶ、あなたはとてもよくなったように見えるよ、これは本当のことだ」

「うそだ。あんたはそんなお座なりをいうし、座間さんは、《お天気のせいでございます》とさっきからいうし、そんな挨拶はだめだめ」

「ほんとうに、こなかったのは悪かった。冬はいそがしかったんですよ。それに、遠慮したせいもあるんだし」

「遠慮？ ああ、あんたの先生に——。鉢合わせするのもいいじゃないの。あの人、雪の降る日にはきっと来たわよ。心意気っていうものね。だけど、あんな日はかえって独りの方がいいものよ。あたしさっき、そんな日には死ぬことを考えていた、といったけれど、本当は半分嘘よ。死ぬことと、どこかで激しい、むちゃくちゃなパーティでもやろうかと、お酒をのんで、踊って、はしゃぐことと、死ぬことと半分半分ずつ考えていたわ。雪の音をききながら。あんた、覚えてる？　おととしの雪の晩のあたしのうちのパーティを、クリスマスの」

そのときは、はま江は真紅なイヴニング・ドレスをきて、母がとめるのもきかずに酒をのみ、手あたり次第の男たちと燃えた頰をすりつけて踊りまわった。「やあ、僕はこれから夜半の汽車で行きます。菅平《すがだいら》です」「君が飽きたっていうあのロウドスタ、かねがね僕の兄貴がほしがっているんですが」「おい、おとついの独逸《ドイツ》クラブのパーティで、途中であの子と抜けたろう」「こんどあたしのところのパーティ、あなた来てくださる？　みなでバンドをやろうよ、あなたサキソフォン吹けるでしょう」「パリから、H子の絵葉書きたわよ」「あたしんところも」まわりからきこえるこうした会話に追いつめられて、隣の食堂に行って葡萄酒ばかりのんでいた私のところに、はま江が、いきなり走ってきて、三角の紙帽をかぶせて、「さあ、不景気な顔しないで踊ろう」と引張りだした。そのときのことをいったのであろう。そうしたところに、ときおり招《よ》ばれていった従妹と私とは、救われないスノブであったろう。帰りなど、私は従妹が陽気に有頂天になっていたのを軽蔑して、お前のお陰で一晩中ばかな目をみた、というような当てこすりをいい、従妹はまた、いやなら行かないがいいじゃないか、本当はあなた方があんなところに憧れてるんだ、というようなことを言い返す。やがて共通の軽蔑の対象がはま江になって、その浮薄さを笑う点で二人は一致する。しかし、その笑いはなんともいえぬ自己嫌悪の気拙さにまもなく戻ってくる。しかし、今から思えば、こんな病気に蒼褪めて神経を慄わせているはま江より、ああしたはま江の方がいくら好もしいかわからない。私は、それから、夏の山で馬にのっている彼女とか、ホテルの屋上でアメリカ人に凭れて映画をみている彼女とかを、むしろ懐しい、好もしい風景として思いだしていた。

「何を考えてるの」

「あの夜のことを」

「うそ、うそ。あんたは、下宿のクリスチャンの奥さんが好きになって、冬じゅう夢中だったっていうじゃないの。そのことでも考えたんでしょう」

「誰がそんなことを——」

「ほほほ」はじめて、はま江は笑顔をみせた。

私は、室を出ていった。

道には雨が降っていた。風が吹き、海の方に向けて灰色の霧雲を吹きおろしていた。雨は雪をまじえていたことはスーツケイスを持った私の手におちてくる雨の滴《したたり》のなかに、白い形をした冷たいものがあるのでわかった。灯をともしたが暗い海岸町の方に急いで降りていった私は、まもなく町はずれの小さなホテルを見つけて入った。褐色のペンキが燻《くろ》み、ポーチには雨漏りさえしていた。食堂に出てみると、ただ白々と煙ってしまった海に面した隅のテーブルに、会社員らしい男と、ダンサアらしい女とが向いあい、反対の方に、中年の、小説家とでもいったふうの男がぼんやりと食っているだけだった。

私の室は、海沿いの裏口を見おろす、左の翼《よく》の二階だった。食事がすむと部屋にかえって、古びたベッドに腰をおろして、濛《もう》々と霧《きら》った海をながめていた。硝子戸にうちつける雨は隙間から流れこんで、床のうえに汚点《しみ》のようにひろがっていった。どっと風が吹くたびに室の硝子戸全体が激しく震えた。いや、ホテルじゅうがふるえて鳴った。

ボーイでもノックしたのかと思うと、はま江が入ってきた。雨降コートをきて毛の襟巻をしていたが、いつのまにか束ねた髪や頬が雨に濡れているのが、薄暗い赤味を帯びた電灯の光にもみえた。驚いている私の方を見ないようにしてまっすぐに狭い室の中をすすんできて、ベッドに私と並んで腰をかけて、襟巻を投げコートを脱いだ。

「どうして」

「さっきは悪かったから謝りにきたわよ」

「だって。病院の方は」

「抜けてきた」

「どうして」

「知らない」

私は、さっきと反対の問答をしていることに気がついた。私がはま江を訪ねたことが睡りの中の衝動のようなものであるならば、はま江が私のところにきたのも、同じことであろう。私が彼女に逢いたかったのかどうか分らないように、はま江も「私」というものに逢いたかったからではあるまい。ただ、二つの盲目的な衝動が偶然ぶつかりあっただけなのである。

「だって、君の体が――」

「からだ？　どうせ、あんな処にいても同じよ。雨に濡れていい気持よ、かえって」といったが、そこでひどく咳《せ》きはじめた。硝子戸ががたがた鳴るのに響きあうようにして、肩と胸とが慄《ふる》え、その咳はなかなかやまなかったので、しまいにはベッドのうえに俯伏してしまった。私は、濡れた髪の黒さと細い首筋の白さに眼を奪われながら、こわごわとその背中をさすった。掌には、冷たい戦慄の感覚がつたわった。

「で、どうして帰るつもりなの。車でも呼ぼうか」

「帰ることなんかどうでもいい。それとも、あんた、帰ってほしいの」咳がやむと、身をくねらせて、起して、私に凭れかかるようにしたが、また咳が出だしたので、俯伏し、ハンカチで口をおさえた。私は肩に手をかけたままで、からだをベッドの上に安静な姿勢に横えてやろうとした。

「私がこわい？　咳が――」

「こわくなんかない」そういった時に、私たちはベッドのうえに体をつけあって横わっていた。

はま江は私に顔をそむけて口を押えていた。私は両腕でその体を抱きながら、隙間風にゆれている窓掛の間から海の方をみた。海はもう真暗でただごうごうという浪の音が、雨と風とに交って鳴りひびいていた。室内はこごえるように寒かった。私たちはますます近く体をつけあっていった。女はハンカチを放りだして、「ほら」といって、笑い顔のようなものを、はじめてこちらに振り向けた顔に浮べて私を見た。ハンカチには紅い色がついていた。「こわくない」といって、私が、いっそう強く女の肩を引き寄せて、まだ咳をふくんでいる唇に私の唇を押しつけようとすると、はま江は二三度それをそらそうとしたが、まもなく、私の唇は、冷たい、濡れた唇に触れあっていった。彼女の眼は、しばらく、さげすみと感謝とにかわるがわる光ったが、そのうちかたくとざされてしまった。それから永い間、私たちは嵐と浪と、室のがたがた鳴る音との中で、そうしたまま抱きあっていた。はま江の体じゅうは冷たかったが、その体を、気違いじみた勢いで彼女は私に密着させてこようとするのであった。一分の隙間もなく、体を私の体に触れあわさなければならぬ、という必死な力であった。私はその胸の鼓動を感じた。それはかぎりなく弱々しく、またかぎりなく切迫した激しさをもっていた。それから私たちは体を包んでいた濡れた着物をぬぎはじめるのだったが、私も気違いじみたほど強く、細い白い相手の体を抱き締めていった。咳のためこなごなに砕けてしまおうとするこの毀れもののような体を必死につなぎ止めようとしているかのようであった。時間がたつのにしたがって、はま江の顔には、いや体じゅうには、欲情が底の方から燃えたってこようとするのだった。それは情欲の燃え立ちというよりは、もっと根本的な、生命への欲望といった方がよかったかもしれない。ただこのことだけによって、生命の実感をつなぎとめ、相手はたとえだれであろうと、その欲望の火を燃えつくさせてこそ、生きるも死ぬるもの覚悟はつくのだ、という表情が女の全身にあらわれていた。しかし、その欲望の火は、皮膚の表面まで来ないうちに、冷却してしまうようにみえ、氷の底で燃えていて捌《は》け口もない火のようなものだった。それが、私たちをこのうえなくいらだたせた。はま江は肉の表面まで沸きたつ力もないその弱い熱気にいらだち、私はこの女の体を暖める力もない自分の力にいらだった。私は女というものの肉体を巧みに快楽にまでみちびく方法など知っていなかったが、知っていたとしても、そのときにどうすることができたのであろうか。——そのようなものでみたされる欲求ではなかったのだ。——私は、ほとんど夜中まで、咳の音を嵐の音に交えて、そうしたままもがいているはま江を抱いていた。

疲れてしまって私から離れ、自分の生命力の弱さに絶望しきったようにベッドの隅に俯伏していたはま江の枕元で、私が煙草を立てつづけに吸っていたとき、玄関の方で大きな人声がするのが雨風と浪の音に交ってきこえた。はま江はきゅうに起きた。

「あなたに迷惑はかけない」といったまま身じまいをすると、駆けるように室を出ていった。廊下に跫音《あしあと》が入り乱れていた。病院の追手であろう。みなが行ってしまってからも、一人だけ跫音が、入ろうか入るまいかとするように、私の室の扉のそとでためらっているようだったが、そのうち嵐の中に消えてしまった。気の弱い病院の医師かなにかが、悪魔のごとき私をおそれて去ったのであろう。ベッドには紅い血のついたハンカチが残っていた。私はその夜中、ほとんど眠られなかったが、いつのまにかうとうととして、つぎに眼をひらいてみると、窓の外は、碧々《あおあお》と輝いていた。海の上にはまだ白い雲が、朝日に金色に縁取られて疾走し、浪はしろじろと湧いていたが、雨は上り、空と海とは蒼々として光を放っていた。

朝、ボーイがきて、私の想像したとおり、はま江は病院の人々に連れられていったのだ、といった。夕食をホテルに食べにきて、雨が降ったので泊ろうとしていたのだ、とはま江はいっていたそうである。私は荷物をもって、そのまま駅にいそいだ。

第十二章

私の故郷は暖い国の、小さな市のはずれの、川のほとりにある。父は何十年か、その市役所に勤めていた。町じゅうの人間の姻戚関係、性格、経歴などを知っているかのようであって、毎晩、晩酌をするときに、それを私にはなしてくれる。そうした無数の人間の、おおよそは限界の知れた身の上話を、縷々《るる》としてきいていると、人生に対する激しい憤怒も懐疑も、そして希望も、みなその平凡な波の中にとけこんでしまう心がして、何よりも気が鎮まる子守唄に似ていた。

子供のときからきいている裏の川のせせらぎと、その岸の竹林の揺れる音でめざめた。母が早く戸を繰ったので、硝子戸の外には、紫色に霞んだ春らしい空がみえ、その奥に雲雀が啼いているのがきこえる。首を少しあげると、紫の円い山が、霧から離れようとしているのが見える。私の枕元には、ゆうべ中かかって、はま江に書こうとした謝罪の手紙の書きつぶしが折り重なっていた。とうとう書かないことにした、というより、書けなかったのだった、と思いだしながら、枕元の煙草を引き寄せて吸っていると、母が手紙を持ってきてくれた。付箋《ふせん》のついた厚い手紙であった。手にとってみると、霧島の家宛になっているが、まつ子の字で付箋がついていただけで、裏の差出人はかいてなく、まったく見当もつかぬ筆蹟《ひっせき》である。開いてみると、何枚かの最後に、K、とある。高だ。消印は、奈良、となっている。

「しばらく御無沙汰したね。手にとって君は吃驚することでしょう。いま、僕は、古都奈良から君に書きます。おおよそ、覚悟はついたからもうよろしいのです。忘れもしないでしょうね。あの嵐の夜を。君もなんだか興奮していたし、僕も罪悪的だとかいって興奮していましたね。たしかに罪悪的だったのですね。君のことは考察のほかにおくとしましても、（君はあの言葉をどう取ったか知りませんが）僕は、あの大雪の中で、人道病院に火をつける一味だったのだからね。雪の中で燃えるかと君はきくのですか。燃えますよ。いやそのままにしておけばいいものを、消防がきて、雪を掻くものだから、掻けばかくほど火は喜んで燃えたちました。思想もまたかくのごとく、掘り返せばますます燃えたつ、と僕はその時感じたのですが、僕はもうそういう感慨を催す資格は喪失し、それは僕の昔の仲間、——僕だってつい最近まで、そうした思想のために動きかけていたのです、——に譲るべきでしょう。僕がどうして今度の悪いことの仲間に入ったかということは次のようです。まず、僕はこんなことを言います。僕は子供のとき、クリスチャンだった。クリスチャンというものは罪を憎むものです。というより、何一つするにも、罪の意識をもつものです。箸の上げ下げにも、これは悪いことかいいことか、と反省するのです。僕はそれが苦しくて、厭で、クリスチャンをやめました。やめましたが、その性癖は残り、その後、足一つ動かすのにも、そういう善悪の反省をやるのです。すると、僕は、その《罪》というやつが憎くて憎くてたまらなくなった。こいつに戦いを挑んでやらなけりゃならなくなった。高い処に立って、一歩踏み外すと墜落すると思うそのことで、なんだか足が独りでその端に立って、落ちたいような本能を感ずるものです。僕は一度、落ちてみなければ、子供のときからの恐怖感情は解決しなかったのです。君、人間はこうして、悪いことをする本能、というより、自己破壊の本能を持っています。人間はよくなろうとばかりしていて、それに失敗して悪くなる、という考え方は間違いで、よくなろうという本能と等量に、悪くなろうという本能があるのです。霧島嘉門氏を見てごらんなさい。

これが第一の理由ですが、こんな抽象的なことをいってはごまかしです。第二に、僕は前に言ったように、思想運動の横まで行きました。僕のところにいろいろ朝鮮人がきたでしょう。あれはその仲間で、わざわざ逃げるために霧島さんの家に入った僕を、引き戻そうとして訪ねてきたのです。中には、裏切者よ、といって叱りにきたのもいます。僕はしかし、そうした運動に不適当な人間でしたから逃げました。ところで、一つの危険から逃げると、こんどは第二の危険への警戒心がゆるむというのは、人間の心理の弱点です。二本の線路の中央に立っているとします。右方から列車がきます。それをやっと逃げました。と思う瞬間に左方からも一つの列車が走ってくると、前の警戒の緊張が解けたばっかりのところとて、今度は前ほど一生懸命に逃げず、引っかかってしまうことがあります。僕が思想運動から逃げてほッとした瞬間にきた次の誘惑には抵抗力が弱くなっていたのです。

いま一つは、僕の懺悔的《さんげてき》なクリスチャン的な性癖のいたすところです。思想の仲間から逃げて、僕は悪いことをした、と恥じ悲しんでいました。すると、この悪いやつである《我》は、何かもっと悪いことをして天下に恥を曝《さら》さなければいけないような潜在意識が動いたのです。まだ理由はあります。僕を誘って、保険金目当てにあんなことをやった人たちは、僕の恩人だったのです。僕の弱さから、僕はその人たちの依頼と誘いを退けることができなかったのです。——だが、これは上品な自己弁護になりそうですから、理由のうちに数えますまい。僕がそんな義理の深い人間だ、といっても、人々は信用しないかもしれませんから。だから以上のような心理的な理由はやめにして、一つはっきりしたものをお目にかけます。僕は金がほしかったのです。ほんのちょっと荷担しただけですから、僕の罪は軽いことでしょう。従犯《じゅうはん》として、ちょっと罰せられるだけでしょう。それに対して僕は相当な報酬を受けまして、いま僕が奈良なんかにきているのもそのためです。そうそう、ダンス・ホールでは失礼しました。じつは逃げてから悪いことをした、（また反省です）と思い、ホールの入り口で、君が追ってこられるかと思って、一二分立って待っていましたのですが、残念なことに、――（いや、これは失礼）君は美しい令嬢と踊っていられまして出てこられませんでした。さて、さらに、僕は、獄を出てきたら、もっといい報酬の約束があるのです。僕の同胞で、東京にいる連中には、相当な親方《ボス》がありまして、その一人に僕は見こまれておりますから、やがて数年の後、君とどこかで出あうとき、僕も相当な親方《ボス》になって、金鎖ぐらいつけて、髭ぐらい生やしているか分りません。その内情は今語りませんが、要するに金がほしかったのです。僕はいろいろと考えましたが、何をするにも、――自己のためにも、同胞のためにつくすにも金です。僕はユダヤ人のごとくなろうと思う決心を、数年来抱きはじめたのです。これが、僕のみでなく、僕の同胞の行くべき一つの道、いや大きな一つの道だと私は考えるのです。

　僕たちが、ユダヤ人のごとくなる、――滑稽だ、と君はいいましょう。僕も初めはそう考えました。隠者王国《ハーミット・キングダム》といわれた朝鮮の人が、ユダヤ人に？　しかし、我々は政治、軍事、に手足を奪われていて、強大な国民にはなれません。土地は痩せ人口は少く、強盛《ごうせい》な国家は作れません。かくて、道は、ユダヤ人のごとく、世界の強盛な民族の間に浸潤して、あのような力を持つことです。我々に、あのような力があるか、ユダヤ人のごとき経済家、あるいは大科学者になれるか、と君は言いますか。しかし考えてください。ユダヤ人があのようになったのは、ヨーロッパの歴史において、中世紀以降に属することですよ。古代から何百年、彼らは、ただ弱いだけで、商業民族としては、フォエニシヤ人はいうまでもなく、エジプト人、ギリシヤ人にも劣り、科学においても、何一つフォエニシヤ、エジプト、ギリシヤに比べるべきものは持っていなかった。芸術だって同じことです。神のことばかり考える、それこそ隠者王国だったのです。それが数世紀の後に、世界の政治経済と科学と芸術の世界にああいうふうになったのです。僕がバイブルを読んだことはこんな知恵となって芽を出しました。

霧島御一家にもよろしく伝えてください。ありのまま話されて差支えありません。それから、最後に君に謝罪すべきことがあります。じつはそのためにこの手紙を書くので、今までのことは、話の切り出しのための回り道でした。じつは、僕は君の名を使って東京から遁走《とんそう》したのです。まず、多くの僕たちの同胞が逃げる反対の方向を取って、東北に逃げました。まだ雪が深かったですが、東北の温泉などを、じつはある女と二人、次ぎ次ぎにと泊って歩くのは情趣深いものでした。それから日本海岸に出て、北陸にまわり、それから関西にきて、いま南都の早春を味っています。女は途中で別れて、今は一人です。その旅の終始、君の名でやったのですが、驚くべき発見は、君はじつにいい名を持っていられる、ということでした。人間の名にも人品骨柄のようなものがあることを感じました。サインしても、その名を見ただけで、何か怪しいものを感じさせるような字面《じづら》もありますし、真実怪しい者がサインしても、自明公正な感をあたえる字面もあります。君の名は、僕ごときものが使用しても、ほとんど少しも怪しいという疑いを起させないほど、自明公正のものでした。あの名をかくと、なんとなく、人たちは安心しました。で、失礼と思いつつ、ついに一カ月の旅の間、君の名を拝借しました。もう一人の《君》が、ある時は女を連れ、ある時は一人、雪深き東北より春の南部まで旅したわけです。しかし、もう僕の命脈は尽きたらしいのでして、今、明日にもつかまることでしょう。しかしそのときは、もちろん僕は僕の名でつかまりますゆえ、これは安心してください。御健康と御幸福と御学業の隆盛とを切に祈ります」

数日して、かねて頼んでおいた人から、職がありそうだ、という電報をうけた。東海道はもう春になっていた。庵原はま江のいる海岸にゆく支線の分れるあたりは、ことに美しく、松林の間に麦畑が青く、菜種が黄色く、桃が紅く咲いていた。私は眼をつむるようにしてそこを過ぎて東京に帰った。

仕事は、ある中等学校の講師か、ある富家の図書整理かのどちらか、に見込がある、というぐらいのものであって、私はまた少し歩きまわらなければならなかった。数日、伯父の家にいたが、伯父は私を侮蔑する顔をみせるので、前に霧島の家から引き取ってもらっていた荷物を開かないまま数日を暮して、こんどは学校の近くの下宿屋に入った。名前に自明公正性というものがあるのならば、宿所にもそうしたものがあり、こうした、学生や勤人相手の下宿屋などは、まったく自明公正なものであろう、と私は苦笑した。出るとき、従妹が、はま江の体が悪くなっている、とおしえてくれた。

下宿で荷物をとくと、綿密な霧島まつ子の手によって整理されて、使いの者に渡されたらしく、蒲団、衣類、書籍の類から古手紙の類まで何一つ紛失したものもなく、綺麗にまとめられたまま、荷物の中から出てきた。ただ一つ、書物の間に小さな使い古された聖書がはさまっていた。それは本当に紛れこんだのであろうか、それともまつ子がわざと入れたものであろうか、とも思いながら、私はぱらぱらとその頁を一度繰ってから、机の引出しの奥深くに投げこんだ。

第十三章

本を読んで疲れた私は下宿の室の窓縁に腰をかけて外を眺めていた。町の屋根の浪のうえには、もう花曇りといっていいような、鈍い色合の空が垂れ、真向いの亜鉛《トタン》屋根にかすかな真昼の陽炎《かげろう》がちらちら光っていて、その光のなかで、職人が一人腹這いになってカンカンと金鎚《かなづち》で叩いている。隣の室の窓からも、ゆうべ遅くまで将棋をしていた法科大学生が、いま起きたばかりという顔をして、ぼんやりと、私と同じようにながめていたのだが、「人生は勤勉ですね」と話しかけた。私は、「まったくです」と答えたまま、右の方に黒ずんだ瓦屋根が谷のようになっているところに、いつのまにか薄紅色《うすべに》に桜がひらきかけているのに眼をうつした。

電話がかかってきたと女中がよびにきたので下におりてみると、従妹からであった。受話器にもはっきりと慄えがわかるほどの声で、庵原はま江が死んだというのである。「……おととい、きゅうに亡くなって、そして、今日、午後から葬式なの。知らなかったでしょう。とにかく、あたしは一時半までうちで待ってるから、これからすぐにいらっしゃい、いっしょに行きましょう」咄嗟のことで、私は適当な返事がみつからなくて黙っていた。

「……どうしたの。何もいえないの。行きたくないの」

「行きたくなくはないが――」「とにかく一時半まで待っています。いま支度していらっしゃい。来なかったら、あなたはよほどぐだらない人間よ」といって従妹は電話を切った。室に帰ってくると、隣の窓から、「どうでした。アミと花見の約束でしたか」といってきたが、「ええそうです」と答えると、「ああそうですか」と言ったまま、その法科生は、シャボン箱をがたがた鳴らしながら、「人生は勤勉だ」とまた、今度は叫ぶようにいって風呂に行った。私はまずい昼飯を、嚙まないままで、ただ一生懸命に口につめていた。その時に、廊下で女中を押しのけながら「やあ」と一声唸るような声を出したまま、霧島嘉門がのっそりと障子のあいだからはいってきた。

髭が顔じゅうに黒々とのび、眼は血走ってはいるがむしろにぶい褐色に澱んでいる。守衛時代の羅紗《ラシャ》の黒ズボンに、擦り切れそうになってぎらぎら光った黒いアルパカの夏服の上衣をつけ、汚れたシャツの首には、彼の家にいたころ私が人に貰ったがあまり派手だったので捨ててしまっていた臙脂色《えんじいろ》のネクタイを斜《ななめ》にぶら下げている。彼の家の二階で、罵り殴りあってからもう一月近くたっていたが、彼を見た瞬間、私には、その時のままの動物的な恐怖と憎悪とが、少しも衰えずに、本能的によみがえってきたので、私は食い散らした膳をへだてて少し身を引いたのであった。二人ともうつむいて、体を少し捩《ねじ》らして斜に向きあったまま、一言もいわなかった。しかし、かなり長くそうして黙って向きあっているうちに、双方の空気に殺気というようなものはないということがしだいにわかってくると、その恐怖と憎悪との、外側からか内側からか、物質の腐敗作用のようなものがひろがりわたってきて、いつのまにかそれは、極《きま》り悪さ、醜怪な滑稽感、というようなものに、徐々に変化してゆくのであった。——しかし、「懐しさ」というような感情には、まだなかなか遠いものであった。すると、嘉門は、だまったまま、右手、——あの時私を殴った手を、ポケットに差しこむと、白い封筒のようなものを摑みだし、膳の上を、ぐっと私の方に突きだしてきた。私はまた狼狽してそれをしばらく見つめたままでいたが、ふと眼をあげて、嘉門の、突きつめているが邪意のない顔色をみると、安心したように、その毛だらけの手から封筒を取ってひらいた。嘉門の家の気付になって私に宛てた、庵原はま江の死亡通知だった。

これを持ってきてくれたのは、こういう単純な人間にありがちな、人の死などに対する、なかなか純粋な感動がさせたことであるか、それとも、私と和解したくなったので、これを利用してきまり悪さをごまかそうというのであるか、それは判断がつきかねた。しかし、私はその時、従妹の電話で知っていることで、この通知状を持ってきてくれたことには実質上はなんのありがたみもなかったのに、さもその親切な行為によってはじめて女の死を知ったというような表情をちょっとつくってみせたことは、なんといっても、私の方から一歩、和解的なゼスチュアを取って出たことになった。「二時ですな、青山《あおやま》」嘉門は眼ざとく私の態度の一角が崩れたことを見てとったように、口を切った。（彼は私の処にきた信書をそっと覗いてみるという癖をはじめから持っていた）

「早く行かないと――」

私は、あまり行きたくもないというような、渋った様子をしていた。すると、とつぜん、胸腔《きょうこう》から爆発するような声を、彼は発した。

「恋人が亡くなられたんです。あらゆる障害を排して行きなさい！」その叫びは、下宿のすみずみにまで、はっきりと響きわたったのにちがいない。

私はもう真赤になって、無意識にぴょんと立ち上って、支度した。もはや完全な敗北である。それを見ると、嘉門はさも安心したというように、大きな呼吸を一つして、私の机の上の煙草を取って火をつけた。たてつづけに彼が四五本も吸ったとき、私は着物をかえ終った。

玄関でくすくす笑って囁きあっている女中たちの前を二人で通りぬけて、門先きの暖かい日影のなかに出たときは、従妹が約束した一時半を少し過ぎていた。大通りに出て車を拾おうと急ぎだすと、嘉門は、「ちょっと」と引きとめて私の前に立ちはだかり、しかし優しい声で、「少し金子《きんす》を拝借したいのですが」といった。昨日から競馬に行っている、今日は絶対に見込がある、たとえ負けても、一二日中に大金の入る確実な道がある。――と勢いよくいった。それはなんという明晰《めいせき》な、素朴な、言葉つきであったろうか。おそらく、彼は、通知状を持ってきた魂胆がこれで見透されるだろうとか、せっかくの純粋な親切の行為が台なしになるだろうとか、そんな、私たちならばかならずしなければならぬような反省などは、かけらほども、その巨大な体の中に持っていないのだ。あれはあれ、これはこれ、とまったくみごとにやってゆけるのだ。この単純無比な精神に、私はまた惚々《ほれぼれ》としてやっつけられてしまって、一枚の馬券を買う金を、彼に渡した。

「愉快なものです、一度いっしょに行きましょう」と彼が私の肩を叩いているとき、狭い道を徐行してきて擦れちがおうとした自動車が、傍まできてきゅうにとまって、黒い紋付をきた従妹が、半分開いた窓から、嘉門の方には顔を見せないようにしながら、そっと私の方に指と眼で合図した。私は、「失敬」といいざま、車にとびこんで、茫然と道の真ん中に立っている巨漢をあとにして、車を走らせた。

「待っていて、こなかったら、あなたをうんと軽蔑しながらひとりで行こうと思ったんだけど、——軽蔑しただけですまされない気持があったもんだから、とにかく、引張りにきたのよ」と従妹はいった。

「いや、行く気でいたんだから、いいじゃないか」私は半分ほど嘘をいった。

従妹はそれに答えないで、外をしばらく眺めていたが、きゅうにこちらに顔をなかば向けて、眼のあいだを強く寄せながらいった。「さっきの男、あたし誰だか分るわ。あの、あなたの元の下宿の男でしょう」

「どうしてそんなことが分るのかい」

「直観よ。ときどき聞くともなく聞いた話から分ったわ」

「えらいものだね」

「からかわないで、——なんて気持の悪い人でしょう。あたし呆れるわ。あの男のことをいってるのじゃなくて、あなたが、よくまああの男といつまでも、まるで兄弟みたいに親しそうにしている、ってことに呆れるわよ。まるで仲好さそうね。なんだかあなたまで——」

「僕の人相までわるくなってきたというのかい」

「ええ」従妹は吐きだすようにいった。「あたしはね、さっき、道の真ん中に立ってにやッと笑ってるあの男を見たとき、ほんとうに、ぞっとした」

「悪魔でも立っている、と思ったのかな」

「悪魔——悪魔という言葉でうける感じは、もっときりッとした、鋭いものだわ。あれは、悪魔なんかじゃない、何かこうぬらぬらねばねばした、ただ気味のわるいだけのものだわ。どうしてまあ、あんな男が、たくさんの女を誑《たぶ》らかしたなんて、そんな女が世の中にあるのかしら」

私は、まつ子のことをその時に心に浮べた。すると、従妹へのわけのわからぬ反感になってきた。「だが、そんなにいわなくてもいいだろう。どうしたって、君なんかの動きまわっているサークルじゃないんだから。どうにも君たちとは世界が違うんだから――」

「ええ、それであなたは、あたしたちの世界を軽蔑して、浅薄だとかなんとかいって、あの男の世界に入っていったのね。よく分りますよ。それであなたは、庵原さんところからも逃げていったんでしょう。おもしろい、深刻な世界がたんとあったことでしょう。またのこのこ帰ってこようたって、今度はあたしたちの方でごめんこうむりますから。それだけはよく覚えていてちょうだい」

「いやまたのこのこ帰ってくるかもしれないよ。いや帰ってこようとしたんだ」私がそういったけれども、従妹にはなんの変った表情もあらわれなかったところをみると、あの暴風雨の夜のことなどを、知ってはいないのだな、と思われた。ずいぶんしてから従妹は、きゅうにはま江のことを思いだしたらしく、しんみりとした声調になって、死の前後のことを話しだした。ああした性格の人だったから、半年も入院してもはかばかしく癒らないのに辛抱をきらしていらだってきて、暮あたりから、療養所でのはま江の行為はしだいに非常識な我儘なものになった。それには、着実な理性人のあの剣持講師もずいぶん手を焼いたらしい。そのうち、今から一月ほど前に、きゅうに容体が悪化して激しい熱を出して、それからは坂を転落するように死に近づいていってしまった。

この従妹の話をききながら、私は何気ないふうを装って、ちょうど通りかかっていた神宮の外苑に、白々と咲きでた木蓮《もくれん》の花や、その下をぞろぞろと、春のスポーツでも始まったらしく、明るい服装で歩いている人群を、窓のそとにながめていたのだが、心では、もはや疑う余地もなく明瞭に、庵原はま江の死の直接の原因になったものは、あの暴風雨の夜の気違いじみておろかな行為であった、と感じてしまっていた。

告別式の始まる時刻はとくにすぎたころに、青山墓地の裏手の、入りくんだ狭い坂路の一角で車を降りたが、その坂の迷路のあちこちにはいくつも寺が、思い思いの方向に向きながら不規則に立っていたので、見当を失った私たちはそこでまた時間を取られて、いらいらとしながら歩いた。従妹の顔には怒りと悲しみのようなものとがあらわれていた。私はまったく憂鬱であった。――しかし、人間の心などはなんというからくりを持っているものであろうか。めざす寺がやっと見つかって急ぎ足で坂を登っているとき、道のかたわらの高台になった空地で球投げをしていたボールが、石垣のうえから私の足元に転がってきたので、私はそれを拾って、高台の下に立っている青年のグラブに向って投げた。かなり遠い距離を、中空に弧を描いてシュッとそのボールが飛び、狙い正しく青年のグラブにこころよい音をたてておさまった殺那に、もう今まで二時間もつづいていた憂鬱が、快い筋肉の運動の感覚の作用で、ふきけしたように飛び去ってしまって、私はそれからかなり長いあいだ、軽い気持を持ちつづけたのだ。このような心の動きは、心の機構が、ばかげたほど簡単なものだということを示しているのか、恐しいほど複雑だということを示しているのか、私には分らない。

死んだその少女にはまったく似つかわしくもない、禅宗の葬儀が、もう終りに近づいていた。それでも、僧侶たちが大声を鳴りひびかせている暗い内陣の、香華《こうげ》にけむった空気のなかの棺のうえに、数しれぬ季節の花がかすかにかがやいているのが、そのまつりの主が若い娘であったということを物語っているようである。席の後の方に立ったときには、もう焼香が始まった。化学工場主であるはま江の父、若く美しい母、大銀行に勤めている兄、大学生の弟、それから、陸軍の将官、かなり有名な代議士、郵船会社員、などの彼女の親類がつづいてゆく。それが終りかけたころ、身内でもなく友人でもないというような席から、あの剣持が、きまじめな顔をして立っていった。私はその表情を読もうと思ったが、暗くて見えなかった。しかし、やがて友人知己の順になったとき、はま江が元気だったころ取巻いて遊びさわいだ若い男女の仲間というものがほとんどいなかったことには驚いた。女の友だちの方にはまだしも、贅沢な洋式の喪服などきたものが三四人は立って焼香しにゆくのが見えたが、男の方は少くとも七人や八人ははま江のまわりで問題を起したり起しかけたりしたものがいるはずだったのに、その中でも一番哀れな位置にいて、ちびといわれていた背の低い画学生だけが、モーニングをきて、改まった顔をして出ていったばかりだった。ほかの青年は、こういうところに用はないのだとでもいうのか、一人も姿をみせていないのはなんという明快なハイカラな不人情であろう。

従妹がつづくので、順番がくると私も出ていった。進んでゆく途中で、剣持の眼と私の眼とが、カチリと出逢ったが、私は絶望的なふてぶてしさになり、焼香する時にも、心では空に弧を描いていった白いボールを描いたりしていた。帰りにも、後からきた従妹とぶつかりそうになって避けるとき、不自然な、しかし必然な引力とでもいうようなものによって、彼の眼とまた出逢った。彼の表情は堅かった。席にもどると、従妹をおいたままで、庭の方に出てゆこうとした。する背後から駆けつけるような足音がして、「おい、君、待ちたまえ」と彼の声が、非常に強い音調でのびてきた。

「すこし待ちたまえ」といって、私をいざなうように、庭の隅の、人気のないところの黒い檜《ひ》葉《ば》とまだ芽の小さい百日紅《さるすべり》との間の方に歩いていった。私には逃げようというような心は浮ばなかった。すこし離れた背後から、四角な彼の肩を見つめてあるいているうちに、私は、この機会を逃してはならない、一月のあいだ胸にわだかまっていたあるもの、――あの暴風雨の夜の行為のことを、はっきりと告白しなければならない、という心と、いや、今さらそれをいって、彼を苦しがらせたところでなんにもならぬ。それは結果としては、むしろただ自分の心を軽くさっぱりさせるという利己的な行為にしかならないのだ、という心とが争ったが、とうとう、百日紅の枝の陰まで行って彼が向きなおったとき、私の中では正直な意志の方が勝をしめようとしていた。

「先生。僕の方からぜひ話さなければならぬことがあるんです」

「いや、分っている」彼は腕を振って私をおさえた。「君がいおうとすることは知っている。それはどうして知ったか、というような顔をしているね。それは僕の例の探索的な性質からして、病院の連中からほじくりだしたと考えてもいいし、あのひとが、ついに僕に告白したんだ、と考えてもいい。それを今日君に教える必要も義務もありはしない。僕はひどく腹を立てた。今だって君をみると腹が立ってしようがない。だが、――月並なことばになってしまうが、許してやる、というよりほかはない」

私はだまってうつむいて、彼の靴の尖《さき》に花びらの形についている白い土ほこりを見ながら、恥辱の感情でいっぱいになった。この男に打ち負かされた。もちろん、このずいぶん芝居じみたせりふなど、おかしいといえばおかしいが、しかしそれを笑う力はなかったのである。彼はまたつづけた。

「君はひどい、しかたのない奴だと思う。だが今さらどういって憎んでみても始まらない。ああいうことになってしまったんだ、と、これも月並だが、思うほかない。とにかく僕がこういって許すような顔をするのが、いい加減な嘘でない証拠には、あの出来事は、僕から堅く病院の方にも口止めして、あのひとの家族も誰も知っていない。まあ、だから君からさわぎたてぬ方がよかろう。かえってみなの心を乱すだけだからな。そういうことを君に一言いっておくためにここに呼んだんだ」

彼はこうして、私が何かの隙をみてぶつかってゆこうとする心の尖をおさえおさえしてゆく。

「まあ、あのことだって、君がしたことというか、あのひとがしたことというか、それも分らないのだし、――といって君がふざけた奴だってことは事実だが――とにかく、今日君がここに来たことだけは、立派な態度だといっておくよ」

従妹がその時に庭をこちらに歩いてきていたのだが、この最後の、「ここに来たこと……」という言葉だけは、耳に入る距離にきていたので、ちらと得意な顔をした。私は、むしろ「恋人が死んだんだ。行きなさい」と下宿中に鳴りひびかせた嘉門の言葉を思いだした。彼は従妹が近づいたのをみると少し話の向きを変えた。

「——僕はね、今のたまらないむしゃくしゃした気持を、もっと高いところまで引き上げようとしているんだ。一人の、親しい人間の肺病をどうしても救うことができなかった、ということはまったく情ないことだ。しかし、僕は、あのひとが生きているころ、何かの参考にと思って、いろいろとその方面の本を読んだが、その時は、療法とか薬の名などの方に直接心が引かれていって、ほとんど読み過していたある事柄が、こないだきゅうに思いだされてきて、いまではそれが僕の気持を占領しているんだ——それはこういうことだ。日本では今、百二三十万の患者があり、一年に十二三万人死ぬ。これは医者の診断書にはっきりと書かれたものだけ。本当にはその倍も病人はあろうかもしれぬ。十五から三十までの若い者の死亡の半分以上はこの病気だ。小学校の先生は毎年五百人ずつこれで死んでいる。それだのに、この日本のそれに対する施設など、とても腹が立つほど貧弱なんだ。その点では絶対的三流、四流国なんだ。——僕はね、こんな恐ろしい事実の中に、一人の人間の死の悲しみや、それについてのある特定の人間への恨みなどを解消させて、一つの普遍的な事実としてこの病気のことを考えようとしているんだ。すると、悲しみの性質が、違ってくる。どちらも悲しいことは同じだが、普遍的な事実の方を、この際の僕は、高い悲しみだ、と思うようにしようと努めているんだ。ごまかしをしようというのじゃない。具体を抽象の中に流しこむのはインテリの悪癖かもしれぬが、この抽象の中をただうろつくのでなく抽象的な思惟《しい》の上に立って、自分の全体を進めてゆこうというのは、むずかしいことだが、立派なことだ。僕はまたこんなことを君たちの前でいうつもりじゃなかったが……」

この彼の言葉は、もし第三者がそこにいてきいたならば、ますます芝居じみた、一種の感傷であるとも思ったかもしれない。しかし、私は、それを、まともな気持で聞いていた。少くともまともに引きしまった心できこうと努めた。それどころではない。従妹の方は傍に立って、仰ぐように彼を見あげながら、ただ感動に打たれた、という顔をしているのだった。そして、かなりしばらくしてから、やっと思いだしたように、焼場に送ってゆく車が待っているので、迎いにきたのだ、と、ここにやってきた用件をいった。剣持は、そうですか、といって歩きだした。従妹もついてゆき、寺の門のところの一つの車に、二人は乗った。私もそこまでいっしょに行ったが、二人とも、私に来いとは誘わなかったのは、もうこれ以上むごい目には逢わさないと労《いたわ》ってくれたつもりか、お前にはもう行く資格はないと捨てたつもりなのか、分らなかった。動きだした車の中でも従妹は彼の傍から、まだ仰ぐような眼をかがやかせてみあげていた。今がいままで遊び好きの子供としか思っていなかった従妹が、きゅうにそのようなまじめな気持になったりするのは、友人の死から受けた衝撃が作用して、ふしぎな変化か成長かが一挙に起ったのだろうか。いや、もっとふしぎなのは、今がいままで子供としてしか私には感じられていなかったこの少女が、その時の眼の輝きから、きゅうに一個の「女」として、感じられてきて、女らしい魅力さえそこにはあるのを感じたことだ。これは黒い紋服をきてきゅうに大人らしくみえた、ということばかりではない。女というものの持つ、変幻融通の性格と生命力とがそこにまざまざとあらわれていることは事実だ。車が動きだしても、私はその眼の輝きを思いだしながら、剣持がそれをどう思っているかは知らないながら、彼に一種の嫉妬さえ感じはじめていた。「おや、俺はまた彼と一つのつながりを持って対立でもしなければならぬのか。人生はよくまあこんなに一刻の休息もなくつぎからつぎに陥穽《おとしあな》をつくってゆくものだな」とその瞬間頭に閃いたが、それは心の奥底の方へおさえこんでしまった。

ただ、車が坂の角に消えてゆき、人が散ってしまったとき、なんともいいようのない孤独感が押しよせてきた。焼場にまでさそわれなかったことはむしろ救われた気持だったとしても、――このたえがたい孤独感はどうなるのだ。「ここまで来ただけで、お前はいい」か。いつもならば起るはずの反感や冷笑もおこる余裕がないほど、私はそのとき寂しい気持になってしまった。ふと、その気持の底から、あの嘉門の声がきこえてくる。嘉門、――私は彼の姿を心に浮べた。駆けるように表通りに出て、車をよんで省線の駅に行かせた。競馬場は東南の郊外にあるのだから、西北の野原の方にいま走っている葬式の一行とは、正反対の方向に私は飛んで逃げるようにいそいでいたのだ。

第十四章

競馬場にきたときには、もう早春の曇り空は暗くなりかけていて、近くの海岸の方から、砂塵をまじえた霧風が冷たく吹きよせていた。広場には、てんでんばらばらの方向を取った人間の渦が黒々と巻いている。曳《ひ》かれてくる馬を眺めながらうなずいて笑っているもの、顔と顔とをよせつけて秘密らしくひそひそ話しているもの、なにか激しく言い争っているもの、腹立たしげに叫んでいるもの、げらげらと笑いだすもの、しかめ面をつくって首を垂れているもの、――それらが一人としてじっとしているものはない。疲労の脂汗に光っている顔や手に砂埃をまぶしつけながら、貪欲と遊戯心との交錯の興奮に中枢を引き裂かれてしまった体を、中心の糸がきれた操り人形のようにばらばらに衝動的にうごかしながら一時も立ちどまらないで動き流れている。私もその群の中に飛びこんで漬かりながら、厚い人だかりの層の真ん中に突っこんでみたり、走ってくる女にぶつかりそうになったり、忙しげな列を横切ってみたり、密談している仲間をわざとかき分けてみたりして、一刻もじっとしていられないように駆けずりまわって、嘉門を探していた。いまごろ暗くなりかけた野の中で、はま江の骨が焼けているかもしれない。その感覚をかき消すためにはもうこの人波の中に漬かりきって動きまわるよりほかはなかった。嘉門はみつからなかったが、しまいにはただこの群集の中に揉まれていることだけに満足しきったように、ただ無目的に前後左右にとうごいていった。

人々が一つの方向に吸いよせられてゆく。私もその波に乗ってゆく。馬が走っていた。ひとき全体の人間がひとつの焦点に向って体をむけ精神を投射していたが、勝負がすむとまたそれが崩れて、以前のような乱雑な渦巻が広場いっぱいにまきちらされた。私はまたその中に入ってぐるぐるあるきまわる。と、人のまばらな馬券売場の方から、馬券を手につかんでささげながら、行列を突ききり、人々を蹴飛ばすようにして、意味も方角もなくただ広場を邁進《まいしん》してくる嘉門の体軀が、人垣の向うに見えた。そのとき、私には小さい子供のころ、田舎の町の祭礼に父につれられていって、夕方の神社の庭の群衆のなかで父を見うしなって、泣きながら夢中に人々の腰と腰との間をよろめき走って父をさがした心細さ、それからやっと大きな杉の陰に父の姿を見出したときのうれしさ、そうした感覚がはっきりと生き返ってきた。

「やあ」「やあ」私と彼とは、砂利の上で足踏みしながら連れの男を罵っている酌婦風の女を突きのけるようにして出逢った。嘉門は私の肩を強く叩いた。彼は、無帽の頭から、顔、アルパカの上衣、靴まで、埃にまみれていて、眼だけが血走ってきらきら光っていた。「こんどはだいじょうぶだ。君」と、もみくしゃにした予想表のような紙片を二三枚ポケットから出して、薄暗い空気の中で私のまえに突きつけながら、今日の午後からの成績を説明した。それによると、彼の買い方は穴というような馬を、つねに単式で買い、もちろん他の人間と相談したり共同で買うようなことはなく、またどんな場合にも買わずに見ているようなこともなく、ただ一直線にまっしぐらに賭けるというのであった。それにしては、今日はこの最後の競走の券を買うだけの金が残っていることは幸運だといわなければならなかった。「こんどはだが確実なやつにしたよ、あすの軍資金も要るからね」と彼はいったが、彼がさっきいた売場に人が少かったことをみても、予想表からみても、やはり穴馬の一種であるにはちがいなかった。

また馬が走りだした。やや薄暗くなった空気の中を、六頭の馬が鳥のように飛んでゆく。嘉門が賭けた馬は真紅な服の騎手をのせた栗色の馬だった。それが先頭の三つの一団の中にいるが、最後の馬もあまり離れてはいない。空気は霞んだようになり、その一団の中でどれが勝っているのか分りはしない。嘉門は人垣をつきのけて最前列に出ようとしたが、途中でどうしてもそれ以上進めなくなると、隣の男の肩に左手をかけ、右手を拳にして宙に振りまわしながら、ただ、「ウオーッ、ウオーッ」と絶叫していたが、その声はあたりの喧騒の中でも圧倒的に力強く鳴りひびいていた。左向うの最も遠い隅にまわったとき、紅い服はすこし遅れた。嘉門はいっそうはげしく、「ウオーッ」とわめいた。まもなく、左にまわって人々の肩のためにまったく見えなくなってしまった。そのあいだも、空も見上げながら拳をふりまわして、一刻の休息もなく叫びつづけた。と、ひときわ大きく「ウオーッ」と唸って、私の首をゆすぶった。人垣のまえにふたたびあらわれて最後のストレッチにかかってきた。今はただ二頭になって後をかなり離して鼻でせりあっている一つは、たしかに嘉門の賭けた馬である。彼の声が、「アアアア」という、笑声とも泣声ともつかぬものに変った瞬間、ゴールに雪崩れこんできたのは、紅い騎手をのせたその馬であった。まだしばらく嘉門は叫びつづけていたが、やがて一散に人波を分けて、金を取りに行った。

こんどは確実な馬だといったのはまんざら嘘でもなく、金は百二十円あまりでしかなかった。小しがっかりしたようだったが、それでも幾度も「おめでとうおめでとう」と私の肩を叩いて、その中から三十円を出して、利子が十円だといって、私に返した。それから並んで出た競馬場の外の砂ぼこりの立つ道ばたには大きな屋台が並んでいた。埃を浴びながら不気味なほど真紅に光っている鮪《まぐろ》ずしを並べたのがある。おでんが煮えている釜がある。章魚《たこ》の足が並んだ店がある。鰻《うなぎ》がある。栄螺《さざえ》が焼けている。焼鳥がある。脂臭いカツレツが揚っている。シューマイがある。天ぷらがある。そしてどの店にも、ウイスキのような瓶や、燗酒《かんざけ》が並んでいる。空気はそれらのすべてが交って、匂いというよりは、刺激にひりひりと鼻を衝く水蒸気に濛々と煙っていた。嘉門が、これを見逃すことはなかった。「ちょっと」といって私を引張って、ほとんどその一軒一軒の中に首をつきこみ、天ぷら、すし、シューマイ、章魚、と、あらゆる店々を漁《あさ》りながら、そのたびに酒で食物を腹の中に洗い流してゆく。そしてポケットにねじこんだままの百円近くの金の中から、いい加減に手摑みで金をおいてゆき、「勝った、勝った」とあたりに叫びながら、浮かぬ顔をしている相客でもあれば、気前よく振舞ってゆく。最後に栄螺の壺焼の小屋掛けに入ったときには、もうすっかり暮れていて、酔いつぶれてしまって、競馬で魚屋の店を昨年倒してしまった、そして今日もまた負けた、と愚痴をこぼしている男が一人腹這うようにベンチに凭れていた、その男を嘉門は相手にまたしばらく飲みはじめたが、見るうちに、売れのこった栄螺を七つばかり、ほじくりだして食っていった。

帰ろう、と私がいうと、待ちたまえ、といって立ち上って、暗くなった野道を私の腕を引いてながながと歩かせ、低い軒並の灯の暗い町に入って、狭い路地をいくつか回って、また町外れにきたと思われるころ、一軒の田舎じみた料理屋の中に、むりに私を後から押し入れてしまった。こうした競馬の帰りなどにときどき来たのであろう、すこしの馴染はあるものとみえて、嘉門の声をきくと、三十ぐらいの　日に焼けた顔を首の方から白く塗り上げ、褪せたような藤色の人絹の着物をきた赤毛の女が出てきて、私たちを階下の廊下の隅の四畳半に入れた。床には真円く太った鯉《こい》の掛物がかかり、畳は赤ちゃけていた。嘉門の体はこの狭い室には溢れるようにみえた。こんな悪い部屋に通すってことがあるか、馬には勝って金はあるからこの前の借金は払うのだし、お客もあるのだし、と彼はどなったが、今夜はやはり競馬のお客でいっぱいでしかたがない、と、その女は、馴染らしく、私の前もかまわず、嘉門の横にちょっと坐ると、彼の太い頸に二の腕を捲き、掌でやわらかく彼の頬を撫でて、あたしがいればいいのでないか、といった。嘉門はうっとりと眼をとじてなごやかな顔になったが、女が立ってゆこうとすると、このお客にも誰か若い女でもいないか、といった。女はまた帰ってきて、彼の頬を撫でて、今日は出払って誰もいないだろうといった。

女が酒や肴《さかな》を取りにゆくと、嘉門は威厳を作るようにきっと体を反らして私を見つめていった。――このように無為な生活をいつまでもしようなどとは思っていないのであって、じつは友人の勧誘で、満州に行く計画を立て、阿片の商売をやるつもりにしている。いま、国の叔父にその資金を交渉しているが、叔父も乗気で、たぶん、あの桃畑の山の裏の田地を売るなり、それで借りるなりして、近日中に、吉報をよこすだろう。この遊惰な生活は、しばらく日本を去るという名残であり、馬もそのために少しでも資金をつかむためだ。もし満州に行って成功さえすれば、君に、職業がないなどと悲しがらせたりはしない。君が一生、好きな芸術に精進する後援をすることはいまから約束してもいい。――

しかし、女が入ってきて酒をつぎだすと、また一競馬の自慢話をながい間つづけたが、しまいに結論のようにいった。――今日ははじめから自信があったのだ。競馬などをするのに、臆病な煮えきらぬやり方などはばかのすることだ。あの最後の馬だって、初めからちゃんと眼をつけていたのであって、自分は競馬については、尋常の意味では、素人といえばいえるが、根本的にいって、馬と、――女の、体の値打を見る眼はできているつもりだ。――そういって、嘉門は傍の女に流し目をつかい、酒をコップで飲み、それからまたつづけた。「馬と女とは同じものです。ちゃんと一目で見れば分るもんだ。――おお、それで思いだしたが、君、僕の家内のからだは、君には分ったのか」

とうとう、恐れていた話題にはじめてぶつかってきたことを私は感じて、すこし飲んでいた酒の酔いが一時に醒めていった。どういって、彼の疑念が根もないものだということを納得させればいいのか、見込みもつかなかった。悪くすれば、また野蛮な格闘がここからはじまるかもしれなかった。棄て鉢になって私は、「ばかばかしい。もう帰る。見損ってもらうまい」といって、立ち上った。するとそれがかえっていい効果になった。嘉門は、単純に感動した顔色になって、「そうか、そうか。そうさっぱり言ってくれると、よく分った」といった。私はそのまま帰ろうとしたが、いつのまにか電車もない時刻になっていた。「泊ろう」と嘉門は、立ち上って恐ろしい力で私を摑まえて放さなかった。そしてまたしばらく飲みつづけているうち、眠むそうな顔で欠伸《あくび》した女を引きよせてとらえると、そのまま引きずるようにほかの室に行ってしまった。

片づけた室の中に、床が敷かれたので、私は灯を消して横になった。ふと、耳に松風の音が入ってきた。それは家のすぐ近くにあるようでもあり、遠くに林をなしてあるようでもあったが、とにかく、たえまなく、しずかに、夜更けの気の中で耳に沁み入る響きを立てているのだった。耳を澄まして、いつまでもそれをきいた。なんの連想を持ったわけではない。さまざまの連想によって、悲しさや寂しさを感じて聴くよりも、ただ、その音だけを空虚な心の状態できくことの方がはるかにやりきれぬものであった。

あくる朝、廊下の洗面所で、凸凹のはげしい鏡に、扁《ひら》たく歪んで眼も鼻も口もばらばらになって映っている自分の顔をみながら、「これが俺の今のうらぶれた心のそのままの面貌だ。昨日、従妹たちと寺で別れてから、こんなふうに愚かに時間を潰してきたことは、ただ庵原はま江の死から受けた心の暗さから逃れるという一つの潜在的な意志に動かされていたのだ、と自分を労わるような心持にはなれる。しかし、こうしてどこまで嘉門と腕を組んでゆくというのだろうか」——などと思っているところに、ますますはればれとした顔つきをした嘉門が、ほとんど脛《すね》までしかない丹前をきて、手拭を肩にかけてきた。昨夜はすまなかったと、形式的には詫びたが、彼の気持はそんなところにあったのではない。まだ金はたくさん残っている、今日の最終日の競馬こそおもしろい、勝つと図星をつけた大穴の馬はいくつもある、——と、当然私もいっしょに行くものとせきたてるのだった。

その日も薄曇りしていたうえ、気温は昨夜からきゅうに下って、冬が舞い戻ったように底冷たかった。それでも、朝から人はうわついた足取りで蝟集《いしゅう》していた。嘉門は私が逃げださぬように、しじゅう腕をとらえて引きたてていったが、今日は、上等席の方に、わき目もふらずに、胸を張って入っていった。競馬が始まると、やはり昨日のように、途方もない穴を狙ったり、曳きだしてくる馬の眼つきや脚や皮膚の色で直観を造って、単式の一本槍で、一度も休むことなしに賭けていった。——一度も休まなかったどころでなく、私の入場券を使うことに、やっと二度目から気がついてからは、確信がある、というときにはかならず同じ馬の券を二枚買ったのだ。彼の最も確信があるというのは、最も途方もない独断ということと同じものであった。そうしたわけで、みるうちに金はなくなってしまった。私がむりに二度ばかり、本命の馬に賭けて、金の寿命をすこしひきのばしたのではあったが勝負が半分も終らぬ昼過ぎには、もう昨日私に返してくれた三十円に手をつけるほかなかった。それも使った。しかし、午後の最初の勝負で、彼の腹の底から絞りだす「ウオーッ」という叫びも最後のものになった。彼の異様な風態《ふうてい》と奇声とに眉をひそめていた上等席の男や女の中から、私たちは悄然《しょうぜん》と逃げだした。競馬場を出たとき、背後ではまた次の競走が始まったらしく、賑やかな喚声が立ちあがっていた。

「うん、この勝負こそ僕の狙いをつけていたあの馬が勝つにきまっていたんだ。いま、勝ってるとこに違いない」彼は砂利路《じゃりみち》の上でくるくると体を回転させて、「ウオーッ」と叫んでみたが、もうそれが幻にすぎないと気づくと、「けしからん」と一ことといったきりで、その後はまったくだまってしまって、おもおもと停留場の方に私に凭れるようにして歩いた。

市内に入った停留場で、私はきっぱりと、ここで別れるといい渡して、少しあるいてから、ふと振り返ってみると、嘉門は、家の方にゆく電車に乗ろうとしているのでもなく、そうかといってどこにゆこうとしているのでもなく、ただ、痴呆の状態になった人間のように、まったく意志の方向のない足取りで、走ってくる自転車の群に何度も衝突しそうになりながら、その街角の同じところを、ぐるぐるとあてどもなく動いている。それを見ると、また私は近づいていって、「家に帰るんじゃないのですか。僕がいっしょに行ってあげる」というと、嘉門は、黙って私を見て、ただぼんやりとではあるが、微かに感謝の色を浮べた。私がこういう申出をしたのは、嘉門はいま、ひどい悪戯をした子供のように、家に帰るのが恐くなってしまっているのであって、このまま放っておけばどうなるか分らぬと心配したからである。そういえば、彼が昨日から今まで私を離さなかったことにしても、一人では心が苦しくてやりきれなかったからにちがいなかった。——しかし、私には、そのほかに、もう一度だけ、まつ子、その子供たち、そしてあの家とを見ようという心が、これを機会にして動いていたのであろう。

嘉門は私の後から電車に乗ったが、空白な表情をしたまま押しだまって、うつろな眼の色で、窓の外に流れる街の景色を、薄ぼんやりとながめていた。電車をおりて、丘の坂路をゆくときに、きゅうに立ちどまって、拳を振って「ウウウ」と唸った。おそらく頭の調子の悪い子供のように、白昼夢でも見て、反射的行為をしたのであろうが、その時の白昼夢が、競馬のことであったことにちがいはない。ふと私に見られたと気づくと、きまり悪そうにして、また傍を歩きだした。坂路の眺めは一月ほどの間に変っていた。家々の植込みは青々と芽ぶき、梅は散って早咲きの桜がひらきはじめ、垣根の陰には白や碧の粉のような草花が光っていた。まもなく、嘉門の家の裏の巨きな欅がみえた。曇り空の下に、濡れたような、言いようもなく軟かな緑の色の若芽を、いっぱいにひろげて、静かに波打っているのをみると、私はさすがに懐しい気分に打たれてしまった。かたわらの嘉門はとみると、家が近づいたとみると、またいつも彼が妻の前でしたような虚勢の反り身をつくりはじめていたが、今日はその擬態をうまく身につけることもできぬほど、実際はまったく打ち悄《しお》れているのであった。

玄関には門札もなく、入ると下駄箱もなかった。そして、入口の間から茶の間にかけて、浅《あさ》黄色の大風呂敷に包まれた荷物と、いくつかの壊れた行李と、足の折れた机、食卓の類が転がっているのが、私を驚かせてしまった。嘉門自身までがそれに驚いているのである。茶の間の大風呂敷の包みの陰から、いつものように蒼白なまつ子が、いつか私と州崎の枯草原を歩いたときの蒼い着物をきて、坐ったまま気懶《けだる》そうにこちらに半分ほど体をむけたが、私をみると、――しかも嘉門といっしょに入ってきたのをみると、これはいったいどうしたことであろう、というような顔色をして立ち上ろうとしたが、瞬間に怜悧なその頭には、いっさいの推察がついたのであろう。また坐ってしまって、ただ黙って、しかし非常に丁寧に挨拶した。私は彼女がそれで軽蔑と皮肉とごく少量の感謝とをまぜた心持の表示をしているのだと感じた。

「これはいったいどうしたんか!」と嘉門はありたけの大声でどなったが、それは腹の底の弱さを容易に見透すことができるような、不自然な虚勢にすぎなかった。

「R・町の方にこれから引越すのです。ここの家は私には守れません」まつ子は、私にはとい う言葉を妙に強めていった。

「昨日、あれほど、もう少し待てといったはずだ。一家の主人としての権威を疑うのか」

まつ子は冷たい笑いを浮べたまま、こたえなかった。

「――第一、五郎右衛門《ごろうえもん》叔父に頼んどいた、満州行きの費用がくるのを、もう少し待った方がいいじゃないか。今日はまだ来とらんか」

まつ子は吹きだしたいのだ、というように、ますます冷笑の色を明かにしていった。

ふと、輝雄も咲子もいないことに気づいたので、私は、「子供さんは」と、話をかえるようにまつ子にたずねてみた。輝雄はその五郎右衛門叔父さんのところに春の休暇になると引き取られ、咲子は、いつか訪ねてきたまつ子の従姉夫婦に昨日きゅうに引き取られた、とまつ子は答えた。

「え！　咲子もか、ますます不届きだ」嘉門はどなった。

まつ子はそれには答えないで、——二人ともいま非常に元気であるが、当分この家に帰ってくることはあるまい、と、しんみりとして私にいった。

「なにもかもめちゃめちゃだ。誰がいったい、俺の留守に、勝手に子供を取り、家を引越しやがるんだ。第一、R・町などに住めるか！」嘉門は、ますます崩れてくる虚勢を一生懸命に収拾しようとしてもがいた。R・町というのは、この岡の裏の谷底にある、東京の有名な貧民窟《ひんみんくつ》であった。しかし、もはや霧島家が、そこまで落ちこんでゆかなければならぬということも、当然であろうと思われた。ただ、驚かなければならぬのは、そこまでも嘉門を支えながら落ちてゆこうというまつ子の牢固《ろうこ》とした決心である。

私は、自分がここにいては、嘉門の虚勢の破綻は、またいつものように、暴行にまで悪化しなければおさまらないだろうと思ったので、そっと場を外して、二階に上ってみた。私のいた室も、高のしばらくいた室も、傷んだ壁と赤茶けた畳のほかには何もなく、ふだん締めきっていたためであろう、かび臭い匂いが一面に漂っているばかりだった。壁のひとところ薄白く土が剝げていて、ながい間、あけくれ私が眺めたマティスの版画が貼ってあった跡をしめしていた。私はただその白い土のあとをじっとみつめて煙草を吸うばかりで、もうなんの感想もいまさら浮んではこないのだった。

荷車がくる音がした。まもなく嘉門が上ってきて、「雨戸をしめます」といった。その徹底的にうちのめされてしまったという顔をみて、私が煙草を出すと、彼は、力なくそれを吸いながら、乱暴に二つの部屋の雨戸をしめはじめたが、「惜しい勝負だった」とまた、もはや暗くなりかけた外の空に向って叫んだ。しめ終ってまた煙草をとりにきたが、私がまだ壁の跡をみているのをみると、「はは、あれは焼きましたよ、可愛らしい女が、足の方から腰の方へめらめら焼けてゆくときに、なんともいえぬ色気が出たんです。こんなことなら今日までまって見せてあげるんでした」といった。私はその細々とした樹々の林が燃え、和やかな顔と肢体のフランス人の男と女とがその中に煙になるのを心に描いて慄えた。

下りてゆくと、まつ子は玄関に立っていて、黙って、嘉門に転がっている荷物と、誰かが持ってきて貸してくれたらしい荷車とをゆびさした。嘉門は、不器用に、風呂敷包、行李、茶箪《ちやだん》笥《す》、机の類をつみ、縄《なわ》をかけたが、この家の乏しくなった家財は、その小さな車にも楽々と積むことができるのであった。それから彼は床に置いてあった山高帽と、彼の上衣とを一番上にのせて、しぶしぶとその荷車をひきはじめたが、人にみられるのが恥ずかしいと思ったのであろう、R・町にゆくのには回り道になる、寂しい横丁の方へ引いていった。まつ子と私とはだまって後からついていった。岡を登りつめると、そこから狭く急な坂路が、大きな空地の間を、R・町の方に降りている。曇った空の下に、二つの岡の谷底になったR・町は、もうすっかり暗く暮れてしまって、一かたまりの襤褸《ぼろ》を布《し》いたように黒々と地にこびりつきながら、ただところどころ、煤けた亜鉛《トタン》屋根の間から、細い煙を流していた。

坂の頂点で車をとめた嘉門は、一度腰をのばして、「あーんあーん」とむずかる子供のような声を出して、空をあおいだ。まつ子は、かたわらの、青草がその隙間から乏しい芽を出しかけている石垣の陰に立ちどまって、しばらく、空を渡ってくる冷たい夕風を避けていたが、やがてじっと谷底をみつめ、それから空の一方を仰いでから、堅く眼を瞑って、永い黙禱《もくとう》を始めた。嘉門も梶棒《かじぼう》に腰掛けながら、ぼんやりと首を垂れていた。私はそれを見ながら、このかつて美しくあどけなかったという、蒼白なまつ子の心は、いまいったいなんであろうか、と考えだした。あらゆる罪と汚辱とによって、地獄の底の底まで堕ちてゆく悪魔の傍に、どこまでもつき従って見届けてやろうとしている、愛情と仁慈との天使の姿であるか。それとも、片時も鞭を離さずに仇敵を追い詰める復讐の女神の姿であるか。いや、これは、キリストの教えであるか東洋の習俗であるか知らぬが、ただ「貞淑」という単純な一言葉に尽きる心であるか、――まったく測り知りようはなかった。それから、今むずかっている嘉門はなんだろう。彼もやはりまつ子に対して一筋の愛というものをでも持っているのだろうか。いや、これはそうではあるまい。彼はただ、一時間の後に対してもなんの意志も計画もない幼い童子のようなもので、環境と衝動とのほかには何物も持たない人生を送っているだけのものであろう。それから俺は、——俺は船が沈んでゆく時に群がる鷗《かもめ》のようなものだ。何日も何日も、食物の匂いと人の匂いと、止り木とにつき従って、海の上を船について飛んでくる。船がなにかのことで深い海底に沈没してゆく。最後の帆柱の頭が浪の上に残っている時までは、その上を舞い回っている。いよいよすべてが浪の中に消えると、またひらひらと空に舞い上って、どこともなく飛び去り、どこからかまた漂ってくる新しい船を探してたかってゆく、あの、長い翼と白色とに象徴された浮動性と冷情。——しかし、その船には、一組の男女がいる。悪因縁などというものをはるかに突破した何物かで、身をしばりつけあいながら、深海の淵に沈んでゆく。

「失敬！」と嘉門が叫び、「さよなら」と低くまつ子が頭をさげながらいった。と思うと、荷車は、石塊の多い凸凹の坂路を、ガラガラと鳴って降りはじめた。おそろしい速さであった。さすがに巨大な嘉門の重量も、そのあおりを食って、梶棒のために、二三度梃子《てこ》で弾ね返されるように、宙にふわりと浮くのが見えた。それをグンと彼が押えると、また恐ろしい急速度が加わって、まっしぐらに車は転げおちた。まつ子は、そのときにはねとばされて坂をころがっていた山高帽を拾って小脇に抱えると、小走りにはしりながら、後もみずに一生懸命に、車と嘉門の後を追ってかけおりていった。まもなく、角の石垣の陰に、まず嘉門が、それからまつ子が、隠れていったが、車の音はしばらくつづいてきこえた。

〔1936年「文學界」1月～10月号　初出〕

アルト・ハイデルベルヒ

秋になってはいたが、やや蒸暑い夜の十時半ごろであった。西銀座のある酒場の前から動きだした車は、青山の道を走って渋谷《しぶや》に近づいた。車は大きかったが、うしろに三人、前にも運転手を加えて三人乗っていたから、きゅうくつだった。うしろに乗っているのは、医者の黒磯《くろいそ》と、薬品会社の宣伝係をしているという白河《しらかわ》と、出版社をしている那須《なす》とであり、前の方に乗っているのは、どこかの大学の教師をしている福島と、この車の持主の実業家の郡山《こおりやま》とであった。

「さっきの酒場から、ずっとここまで、よくもまあ、盛岡先生の悪口の種がつきなかったものだな。恩師だの、古稀《こき》のお祝だのと、呼びだしておいて、後ではこれなんだからなあ。みな、人は悪いよ」と実業家の郡山がいった。

「だって、ほんとうにつまらん教師だったからな」と薬品会社の白河がいった。「講義はおもしろくないし、そうかといって点があまいわけでもないし、教室外で親切だったわけでもないし、取柄《とりえ》はなかったよ。そのじいさんのために、今日、四十人ちかくも集まったてのは、おかしいくらいだ。お人好だといっていいよ」

「まったくだ」と教師の福島がいった。「二十何年前にうたった寮歌なんかを、みながいい年をして、涙声なんかでうたうんだから、あきれたものだよ。——盛岡さんといえば、たしかに白河君がいうとおりだからね。今にして思えば、学識なぞは皆無だった。そのくせ、妙に人の悪いところもあった」

「おいおい」と出版社の那須がとがめた。「福島君も、郡山君も、黒磯君も、さっきの会館のスピーチじゃ、ひどく感激的なことをいって、ほめてたじゃないですか。ことに福島君は、やがては君があの盛岡さんの立場になるのですぞ」

「いや、いまの大学生は、ああいう旧制高校的センチメンタリズムはすこしも持たぬから、ぼくは、今日みたいな恥をさらすことはありませんよ。それに、ぼくみたいな男が、古稀まで生きますかね」と福島はこたえた。

「ぼくも、ほめはほめたがね。——だってあんまり嬉しそうにしていたから、いじらしくなってね」と、この時医師の黒磯が口をはさんだ。「まさか、あの宇都宮君みたいな、見えすいた、巧言令色はやらなかったつもりだ」

「表で美辞麗句、裏にまわって悪口雑言《ぞうごん》、それが出世官僚宇都宮君の宇都宮君たるところなのだ」と白河がいった。

「そういう君がそもそも」と黒磯がいった。「さっきの会館じゃ、ゴルフとかなんとかと、その宇都宮を妙におだてていたね」

「ぼくの会社のアメリカとの特許関係のことで」と白河がいった。「奴《やつこ》さんに頼みたいことがあってね。ゴルフといえばよろこぶ、と聞いてたもんだから、ちょっと、いってみたのさ。後から郡山君に聞けば、まるで下手なんだそうだね。——だが、おだてるといえば、この那須君の方がひどかったよ。どうでしょう、そろそろ郷里から立って国会にでも出ないか、及ばずながらはせ参じて応援しますよ、なんていうんだからな」

「おれも、ちょっと宇都宮に用があったわけだった」と那須はいった。「それで、酒場にもさそったんだが、いっしょに来るどころか、すうと逃げた」

「われわれ素町人《すちようにん》どもと、あの車で西銀座の二次会場なんかに流しこむわけにはゆくまい。そうしてくれれば、こんなにきゅうくつに乗らずに、——家も同方向だし、楽だったんだが、奴さんのことだから、第一に車がけがれる、とでも思ったんだろうよ」と白河はいった。

「いや、宇都宮君は、すこし自粛してるらしいんだよ」と実業家の郡山がいった。

「ほう、何か汚職のような……」と医師の黒磯がたずねた。

「いや、そうでもないだろう」と郡山はこたえた。「ぼくがこの春パリできいた話だが、その少し前に何かの会議で、宇都宮君がきてね、酒の上だか何だか知らんが、公務にかかわるようなエラーをやった、ってもっぱらのあちらでの噂だったから、そんなことでも」

「そういえば」と教師の福島が、それにつけ加えた。「ぼくの先輩の息子で、おととしあの省に入ったのがいるが、それのいうことでは、宇都宮氏はこのところすこし調子が悪いらしい。だから、那須君も白河君も、彼を利用しようというならば、今のうち早くやることだね」「そういえば、ちょっと元気がないところも見えた」と那須がいった。「だが、あのしかつめらしい顔で、パリで……」「だが、カム・バックはするかもしれん。何しろ、昔からカンニングは名人だったから」と白河がいった。

「そういえば宇都宮は、いつか盛岡さんに見のがしてもらったことがあったはずだが、それで今晩は、ああいう感謝演説をやったのかな」と教師の福島がひとりでうなずいた。

車は渋谷の盛場《さかりば》を走りすぎて、道玄坂《どうげんざか》もこえ、灯のくらい世田谷《せたがや》の方に入ろうとしていた。「那須君の家が一番近かったね。どっちへ回ればいいの？」と車の持主の郡山がきいた。「運転手さん、こっちの方へ……」と、那須はいった。「お世話になるよ。この福島君なんかも知ってるだろうが、出版不況で、車を売ってね。すっかり寂しいんだよ」「なんだか、大計画があるっていうじゃないですか」と福島がいった。

「なあに、たいしたこともないですがね。ある有力な政党と、それから実業家団体も協力してくれて、主としてアジア問題に重点をおくところの総合雑誌——いまのどれにも負けんようなのを、近いうち出しますよ。それで、さっきの宇都宮なんかも、利用するつもりだが、それよりも福島君には、ひとつおおいに知恵も貸してもらい、いよいよ出るとなると、大文章を書いて、うんと若い層を引きつけてもらわにゃならん」と那須はいった。

「いや、ぼくはだめ」と福島はいった。

「いや、福島君はたいしたものだ」と医師の黒磯がいった。「ぼくのせがれの高校生でも、君の名はちゃんと知ってる。何というの？　歴史哲学とか……」

「むかしから、文章はうまかったからな」と白河がいった。「おれたちの仲間にも、黒磯ドクトルといい君といい、博士がいるとは、うれしいね。――だが、秀才っていえば、黒磯君の、その令息は、学習院でとても秀才なんだそうだね」

「どうして、どうして、全然だめだよ」と黒磯はいった。

「あ、ここで降ります」と那須がその時にいった。「つい、そこの角のところが、ぼくの家さ。寄って一杯やってゆきませんか、といいたいけど、あまりにむさ苦しいから」

「君の新計画の成功を信ずるよ」と郡山は、降りた那須が求めた握手に応じながら、つよい声でいった。「何しろ、満州であれだけ雄飛した君だからな」

「中共貿易、東南アジア貿易――そういうことにつけては、君の事業とぼくの計画とは、おおいに結びつくはずだ。いずれゆっくり逢って話しましょう」と那須は車の外にまだ立ちながらいった。

「オー・ケー」と郡山はいった。

那須はそれから、車中の他の三人とつぎつぎに握手した。そして、「やっぱり、じつにいいなあ。高校時代の友人は。何十年目に出逢っても、何もかも信じあって話せるんだからなあ。アルト・ハイデルベルヒ！」と、感激したような声でいって、住宅地のせまい小路の闇に姿を消した。

車はうごきだした。

「小さな家が、ごてごて並んでいるところだな」と黒磯がつぶやいた。

「満州では雄飛したかしらんが、日本では雌伏の形だな」と教師の福島がいった。

「こんどの計画というのは、うまくゆくかね」と白河が、誰にとなくたずねた。

「いまから、ちょうど半年前」と郡山がいった。「ちょうど同じことをいって、おれの会社に来たよ。おれも、ちょうど同じことをいって答えておいた」

「その時は自動車を持っていて乗りつけたかね」と薬品会社の白河がきいた。

「どうだか」と郡山がいった。

「まぼろしの車だろう」と医師の黒磯はいった。

「そして、まぼろしの計画」と教師の福島がいった。

車は、こんど降りる黒磯の病院の方に向って走っていた。

「むかしから那須は」と白河がいった。「あっちへふらふら、こっちへふらふらだったからな。いままでにいくつ職業を変えたか、わかりゃせぬ。そして、行き当りばったりの、放言ばかりさ」

「放言も放浪もいいが」と、郡山はひとり言のようにいった。「締めくくりがなくて、まるで無責任でね。いつかも紙の会社のことで口を利かされたことがあるが、先生にかかずらうとかならず金銭上か信用上のまちがいの後始末をさせられる恐れがあるよ」

「根はそう悪くもないいんだろう」と福島がいった。

「どこか一本、釘が抜けているようだ」と黒磯がいった。

「おや、あんたはこの辺？」と白河が黒磯にいった。「それなら、とてもぼくのところに近いですよ。それじゃ、うちの小さな坊主なぞ——まだ中学生なんだが、お宅の秀才の学習院の令息に、指導していただきに、近いうち連れてお伺いしてもいいですか」

「君の坊ちゃんならば、とても頭がいいでしょう。どうぞ来てください」と黒磯はいった。

「だめだめ。それに体が弱くて——子供のくせして、腎臓《じんぞう》が弱くて」

「連れていらっしゃい。一度診ましょう」

「黒磯ドクトルに診てもらえば、これ以上のことはない。じつはこないだ、神田のさる大病院に、薬のことで行きますとね、ちょうど君の友人というドクトルがいて、しきりに尊敬していましたよ」と白河はいった。

「いや、とてもとても。君の会社のこのごろのものすごい進出ぶりからみれば、われわれの病院なんて、つぶれかかった出版社同様ですわ。君んところは、もうかって困るでしょう。それというのも、君の腕らしいが」と黒磯はいった。

「アメリカの会社との関係をね、うまく運ぶのが、骨ですよ」

「盛岡さんに教わったイングリッシュで間に合いますか」と福島がいった。

「とても」

「話はちがうが黒磯さん」と郡山がいう。「こないだ、さる席上で白河君の奥さんを見たが、これは若くて、おどろくべき美人だ。薬などより、この方が、白河君のエネルギイのもとでしょう。つい最近の結婚だったっけ？」

「そう。さっきいった中学生の息子の母親は、四年前に亡くなって」と白河はしみじみといった。

「それはそれは」と黒磯は同情にみちた声でいった。

「とにかく、あの坊ちゃんと、それから、ぜひ、美人の奥さんと同伴で、遊びにきてください。君の艶福《えんぷく》には、あやかりたいものですよ」

「とにかく、薬の方もよろしく」

「それは、できるだけのことは……」と黒磯は答えた。

そのうちに車は、檜葉垣をめぐらした家の前にとまった。前の那須の家よりは、はるかに立派なようだったが、さほどのものでもなかった。黒磯も恥しそうにして、車をおりた。しかし、

「愉快だった。また近いうちに一度、このグループで、さっきの酒場あたりでやりましょう。

何といっても団結の力だ」ということを忘れなかった。

彼が家に入り、車がうごきだすと、福島が口をひらいた。

「これが彼の家なの？　ぼくはまた、ここに病院があるのかと思った」

「病院は、池袋《いけぶくろ》の方にあるのさ」と郡山が説明した。

「つまり、これが、やんごとなき御令息がお住まいのお邸さ」と白河がいった。「わたしはまだ知らんのですが、その池袋の方の病院は、相当に大きいですか」

「それがね、あまりぱっとしないのだよ。ぼくは、ふとしたことで知ってるんだが」と、郡山が声を低くしていった。

「変だね。先生は、ずいぶんと早く博士にもなり名門の娘をもらって、洋行もするし、とても有望だったのでないですか」と白河がいぶかしんだ。

「何だか、荒んでるようだな」と福島がいった。「さっきの酒場でも、となりの客と変な政治論をやってみたり……医師っていうよりも、どこかの田舎街のボスって感じだな」

「学者先生の観察はなかなか鋭いようです」と郡山がいった。「よくは知らないが、本職はお留守にしがちで、区会議員をねらってみたりしているそうだ」

「ぼくは、わざっと白ばっくれていたんですがね」と白河はいった。「神田の病院できいたところでは、戦後早々に、どこかの新制大学の医科を乗取ろうとして、しくじって、その辺から、崩れてきたらしい。息子を学習院、などというのも、そこを隠そうという見栄《みえ》だろうな」

「そういえば、彼はむかしから政治的だったな。寮の委員になるというので、コーヒーで友だちを買収しようとしたり、妙な小刀細工で友人間を離間しようとしたり」と福島がいった。

「やっぱり、真正面から、ひた押し――つまり郡山君のビズネスや福島君の学問みたいに押してゆくのが、勝利への道ですね」と白河がいった。

坂の中腹に、白い壁の高級なアパートの建物が、浮かびだすと、これです、と白河がいった。

「白河君は、ここで新婚の夢をむすんでるんだな」と福島がいった。

「いつまでも青春じゃないか。じっさい、君はまだ三十そこそこにしか見えないですよ」

「いい感じのアパートだ」と郡山もほめた。「だが、近々大阪に栄転ときいたが、ぼくたちは名残惜しい」

アルト・ハイデルベルヒ、といって白河は車をおりたが、二人に向って、ちょっと待ってください、といいながらアパートの玄関に小走った。しばらくすると、また出てきた彼といっしょに、紅いスウェタを着た、肉づきのいい、顔の色の白い、若い女が、玄関の灯の光の中にあらわれ、車のところまで歩いてきて、おじぎをした。もちろん、白河の、新しい細君だった。白河は、こちらは××製作社長さん、こちらは××大学教授、ともったいぶった口調で、細君におしえた。細君は、にっこりと、二人のそれぞれに向かって、媚《こび》をたたえたように笑ってみせた。

それから車が動きだした。この次は郡山の家だが、車はもっとも遠い福島の家まで送ってくれるということになった。

「面食《めんくら》ったね」と郡山がいった。

「うっかりおだてたものだから、おのろけを食っちまったね」と福島がいった。

「いい気なものだが――いつまでつづくか」と郡山がいった。

「というと？」

「会館で、ぼくの隣に坐ったのが、むかしからの彼の相棒の花巻弁護士でね。こぼしていたよ。というのは、始終女の問題をおこしては、花巻君に相談をかけてくる、というわけだ。さっき、前の家内が亡くなって、といっていたが、嘘だね。捨てたのだよ――もう何人目か分らんということだ」

「ひどいね。そういえば、高等学校の時からだった。下宿の近くの娘をたぶらかしてみたり、四十に手のとどく未亡人の家に泊りこんだり」と福島がいった。

「たがいにおおいに義憤を発したものだったな」と郡山がこたえた。「今度大阪の方にかわるのも栄転なんぞではなく、行状がたたって、本社から追われるのだ、と花巻がいっていた。白河は、那須とはちがって、小さな目先はなかなかよく利くのだが、あの女癖がある以上、だめだね」車は野の中に出ていた。

「この方向なの？　君の家は？」と福島がいった。「何でも、ひどく巨きな家だということですね」

「なに、ちょっとしたもの——千坪あまり」

「それから軽井沢だかにも。同僚で、ちっぽけな小屋をもっているのがいて、近くにおどろくべき広大な別荘ができた、といっていたが、それが君らしい」

「はずれの、山奥みたいなところに、何千坪か土地があったものだから」と郡山はこたえた。

「ぼくは、外人の客などをね、料理屋でごちそうしたくないんですよ。なるべく、自分の家に招いて家族がどんな人間かということも見せ、それから、調度とか収集品とか——もちろん、ぼくの場合には、家族も調度も収集品も、ろくなものは一つもないが——理論的にいえば、そういうものを見せることによって、信頼感がたかまる、というわけだからね」

「奥さんは、英語はもちろん、フランス語もよくできるのだったね」と福島がいった。

「いや、お恥しいものだよ」と郡山はこたえた。「女房といえば、君が雑誌に発表するものなんか、よく読ませてもらっているらしい。進歩的な思想にふれる、ということは、いいことだからね」

「いや、君たちから見れば、許すべからざる文章でしょう。だが、まあ舌足らずみたいなものだから、問題にもなさるまいが」と福島はいった。

「ぼくたちの仲間は、おそらく君の想像される以上に、社会主義を恐れているね。だが、そういっては何だが、ぼくなぞ、これで歴史の流は見にゃならない、と考えてはいるつもりだよ。

——思いだしてみれば、高校時代に、君たちと、マルクスやエンゲルスを読んだこともあったっけ。それが、おやじの都合で、おやじの事業に入って、今日のこのありさまさ。ひた押ししたのは君だ」

「ぼくは、融通が利かないのだ」

「ぼくたちとして、資本主義による以上、アメリカにそむくことはできないがね。しかし、アジアのことを忘れたならば、日本のお先は暗い。そこのところの、国内と国際の問題について、どう梶を取るか……」

「自覚した民族資本——とくに、近代性の洗礼を受けたもの、そういうものが、これからの日本で重大な意義を持つと思う。君などは、まさにそれであって、大変な期待をかけられる存在だ」

「いちど、——今日みたいな雑な空気でなしに、ふたりでゆっくり話したい」

「そうだね」

「社の中堅どころのものなどにも、いちど来て教えてくれないかな。連中の勉強は足りん、と思ってるんだ」

そのうちに車は、木立を中にかこう長い石塀にそって走り、それから、大きな門の前でとまった。郡山は福島と握手した。

「愉快だった。ほんとに、近いうちまた逢おう。熱海《あたみ》あたりまで出て、ゆっくりするのはどうだろう。立場をこえて語るべきことは多いと思う」と郡山はいった。

「ぜひ」と福島はいった。

郡山は、運転手に、福島を家まで送りとどけるようにいいつけて、門の中に入った。何匹かの犬の鳴声が高くひびいていた。

福島が、また走りだした車の中で、眼をつむり、ぐったりとなって座席にもたれかかった時、自己嫌悪の情がもたげてきた。今夜は酔っていたためでもあろうか、何と多くのお世辞をいい、悪口をいったことだろうか。だが、先に降りたものこそ気の毒であった。おだてられて、いい気持になって降りると、その刹那から悪口――といっても、その方が真実であるが――になった。アルト・ハイデルベルヒ、団結の力もないものだ。だが、それは運よく、一番遠いところに住んでいるお陰で、みなのさらし者になり、侮辱されるのをまぬかれたわけだ。

だが、それにしても、最後まで逞ましくお世辞をいい悪口をいいつづけた郡山は、さすがなった、というほかない。郡山なりその細君なりが、進歩思想を理解している、とは、あまりにものだった。しかし、おれに向かって、ひどく理解のあるようなことをいったのは、おかしかふざけている。第一、細君がそんな雑誌などを読んでいるはずがない。妙なけばけばしい格好を、年甲斐もなくして、品のわるい英語をしゃべって、外人に尾を振っているだけだ。それから郡山自身ときたら――もっとも熱心な再軍備論の代議士を支援しているのは彼の仲間でないか。学生に踏絵を強いたのも彼の仲間でないか。それが、ゆっくり話したい、中堅社員にも話してくれ、とは、猛々しいことのかぎりだ。彼らこそは敵だ。――それからさらに猛々しいことは、白河の好色に義憤を感じたとか、黒磯がだらくしているとか、そういうことをいうのだが、熱海に妾《めかけ》をおいているのは、だれか、すれすれの線で汚職のことをまぬかれたのは、だれか。じつに笑わせる話だ。そういうことは、今日の会合にきたものの多くが知って、話しあっていたことで、知らなかったおれが迂闊《うかつ》だった。しかも、あるものが囁くところでは、彼の製作所は、出血につぐ出血で、あの「大邸宅」も抵当に入っているのでないか、とすらいうことだ。「熱海あたりで逢おう」もないものだ。妾のところで、という意味だろう。ばかばかしくてしかたがない。

だが、したたかな郡山のことだから、近代的資本主義などというおれのおだてには乗らないで、いまごろ、「あの貧乏教師は、熱海で飲ませる、などといえば、恥も外聞もなく従《つ》いてくる」とでも思っているだろう。いや、たしかに、そういう人をばかにしたような顔つきをしていた。いまごろ、あの細君を相手に、——福島というのは、病妻をかかえて道楽一つできぬどころか、酒さえろくに飲めぬのだよ、それで、熱海にでも、と誘ってやったらもうよだれを垂らしていたよ、とでもいっているだろう。すると、細君は、アカは小ぎたならしいですわね、などと首を振りでもしながら、今朝の××新聞の片隅のところを、郡山に見せるだろう。そこには、匿名で、このおれのことを「腹のないオポチュニスト」とか「無知にして感傷的」とか「学界とジャーナリズムとの迷児《まいご》」とか、書いてある。すると二人は、声を立てて読み、ははは と笑い、それから郡山は、そのおれを手始めに、白河、黒磯、……という順に、細君の前でののしってみせ、それから二人は豚のように寝るであろう。

もし、おれに怪力があるとすれば、この自動車——狡猾な手段で民衆の膏血《こうけつ》をしぼることによって、購《あがな》われたこれを、いまここで叩きつぶしてやるのだが。

だが、一方で白河にしても、あの女給然とした細君を相手に、まず、郡山が没落する可能性が強いという快報をもらし、そのついでに、このおれが大学から追放されるかもしれぬ——今日の会合のだれかが、かならずそれくらいのことをでっち上げて、話していたにちがいはない——などと細君に話すであろう。すると細君は、笑いながら、今日の××新聞を取りだし、二人は額を合わせてそれを読んで、もう一度笑い、それから豚のように寝るであろう。

××新聞は、黒磯の家にもあるだろう。黒磯はおそらく、せがれが福島の名を知っているなどとは、うまくかついでやったものだ、と満足していることだろう。

もちろん、那須の家にも、××新聞がないという保証はない。宇都宮の家にもあろう。宇都宮は、あの五人のものは、いつかどこかで押えつけてやろう、とでも夢を見ているにちがいない。それから盛岡老にしても、自分はうまくおだてられた顔をして、おおいに飲み食い、記念品まで物にしたが、この調子ならば、喜寿にも同じことができるであろう——それにしても、今日集まった連中は、何という平凡な、頭の悪い、性質の悪いものばかりだったろう、偶然ではあろうが、よくぞ卒業生中のそういうクズものばかり集まったものだ、……などと考えたかもしれない。

――福島はきゅうに車をとめさせた。彼の家のところではなく、私鉄の駅の近くの、小さな屋台店の前であった。彼は車を飛びだすと、よろよろと、その屋台店の中に入った。

〔1955年「群像」1月号　初出〕

P+D BOOKS ラインアップ

大陸の細道 木山捷平 ● 世渡り下手な中年作家の満州での苦闘を描く

変容 伊藤 整 ● 老年の性に正面から取り組んだ傑作長編

つむじ風（上） 梅崎春生 ● 梅崎春生のユーモア小説。後に渥美清で映画化

つむじ風（下） 梅崎春生 ● 陣太郎は引き逃げした犯人を突き止めたが…

淡雪 川崎長太郎 ● 私小説家の〝いぶし銀〟の魅力に満ちた9編

暗い流れ 和田芳恵 ● 性の欲望に衝き動かされた青春の日々を綴る

P+D BOOKS ラインアップ

なぎの葉考・しあわせ　野口冨士男　●一会の女性たちとの再訪の旅に出かけた筆者

金環蝕（上）　石川達三　●野望と欲に取り憑かれた人々を描いた問題作

金環蝕（下）　石川達三　●電力会社総裁交代により汚職構図が完成する

孤絶　芹沢光治良　●結核を患った主人公は生の熱情を文学に託す

サムライの末裔　芹沢光治良　●被爆者の人生を辿り仏訳もされた〝魂の告発〟

貝がらと海の音　庄野潤三　●金婚式間近の老夫婦の穏やかな日々を描く

P+D BOOKS ラインアップ

遠い地平・劉廣福　八木義徳　●悔恨と哀しみに満ちた若き日々を回想する

冬の宿　阿部知二　●映画化もされた戦前のベストセラー作品

天上の花・蕁麻の家　萩原葉子　●萩原朔太郎の娘が描く鮮烈なる代表作2篇

閉ざされた庭　萩原葉子　●自伝的長編で描かれる破局へ向かう結婚生活

奇妙な青春　堀田善衛　●敗戦と米軍の占領下で変貌する日本人を描く

海軍　獅子文六　●「軍神」をモデルに描いた海軍青春群像劇

P+D BOOKS ラインアップ

達磨町七番地	獅子文六	●軽妙洒脱でユーモア溢れる初期5短編収録
陸軍（上）	火野葦平	●七十年にわたる陸軍と一家三代の因縁を描く
陸軍（下）	火野葦平	●前線へ赴く兄弟たちの運命はいかに……
オールドボーイ	色川武大	●〝最後の小説〟「オールドボーイ」含む短編集
三つの嶺	新田次郎	●三人の男女を通して登山と愛との関係を描く
伸予	高橋揆一郎	●未亡人と元教え子との30年振りの恋を描く

（お断り）

本書は1968年に集英社より発刊された『日本文学全集61　阿部知二　芹沢光治良集』を底本としております。

あきらかに間違いと思われるものについては訂正いたしましたが、基本的には底本にしたがっております。また、一部の固有名詞や難読漢字には編集部で振り仮名を振っています。

本文中には支那人、漁夫、農夫、白痴、痴呆、鮮人、気違い、土人、娼婦、婢女、貧民、素町人、外人、妾、女給などの言葉や人種・身分・職業・身体等に関する表現で、現在からみれば、不当、不適切と思われる箇所がありますが、著者に差別的意図のないこと、時代背景と作品価値とを鑑み、著者が故人でもあるため、原文のままにしております。差別や侮蔑の助長、温存を意図するものでないことをご理解ください。

阿部 知二（あべ ともじ）
1903年（明治36年）６月26日—1973年（昭和48年）４月23日。享年69。岡山県出身。1936年に発表した『冬の宿』で注目される。英文学者として小説・文芸評論の翻訳も多い。

P+D BOOKS とは

P+D BOOKS（ピー プラス ディー ブックス）とは
P+Dとはペーパーバックとデジタルの略称です。
後世に受け継がれるべき名作でありながら、現在入手困難となっている作品を、
B6判ペーパーバック書籍と電子書籍を、同時かつ同価格で発売・発信する、
小学館のまったく新しいスタイルのブックレーベルです。

冬の宿

2021年10月19日　初版第1刷発行
2022年1月26日　第2刷発行

著者　阿部知二
発行人　飯田昌宏
発行所　株式会社　小学館
〒101-8001
東京都千代田区一ツ橋2-3-1
電話　編集　03-3230-9355
販売　03-5281-3555
印刷所　大日本印刷株式会社
製本所　大日本印刷株式会社
装丁　おおうちおさむ（ナノナノグラフィックス）

ISBN978-4-09-352425-4

P+D BOOKS